LA GRANDE ÎLE

CHRISTIAN SIGNOL

La Grande Île

ROMAN

ALBIN MICHEL

© Éditions Albin Michel, 2004.
ISBN : 978-2-253-11751-3 – 1re publication – LGF

A mes frères, Pierre et Francis.

« Qu'est-ce que le destin,
sinon la densité de l'enfance ? »

Rainer Maria RILKE.

1

Nous étions trois enfants libres et sauvages, heureux comme on l'est à cet âge, dans l'aube sans fin de nos vies. Moi, Bastien, j'étais l'aîné, puis venaient Baptiste, de deux ans mon cadet, et Paule, plus jeune que lui d'une année. Notre père était pêcheur. Il tenait une concession depuis deux kilomètres en amont des îles, jusqu'en aval des falaises qui dressaient leur muraille grise au-dessus des eaux vertes. Il s'appelait Charles, avait des mains puissantes, noueuses, qui ne lâchaient jamais ce qu'elles avaient saisi. C'était un homme fort et placide, qui sentait l'eau, la mousse, les poissons et le sable. Il vendait ses prises dans les villages d'amont, les auberges, les fermes où les portes lui étaient ouvertes au moins dix mois sur douze. Il rentrait le soir, sortait des pièces et quelques billets de sa poche, les donnait à notre mère, puis il nous appelait un par un et nous caressait les cheveux sans parler. Il aimait le silence, nous semblait mystérieux comme les eaux dormantes des grands fonds.

Je n'ai jamais oublié ce temps où nous vivions tous ensemble, si heureux, près de la rivière dont les bras enserraient des bouquets de verdure où nichaient des canards sauvages et toute sorte de gibier d'eau. Au milieu, la grande île s'étendait sur plus de quatre-vingts mètres, dominée par des aulnes, des frênes et des trembles. En aval, un courant furieux se précipitait vers les falaises contre lesquelles il se brisait en écume et en tourbillons.

L'hiver, les prairies, sur les rives, devenaient des marécages peuplés de poules d'eau, de sarcelles, de bécassines qui zigzaguaient vers les taillis, sous le miroir aveuglant du ciel. A partir du printemps, une fois les oiseaux repartis vers le Grand Nord, nous pêchions des poissons dont les écailles durcissaient sur nos mains, comme des soleils d'argent. Alors venait l'été, flamboyant et superbe, sans le moindre nuage. Il s'étirait en soirées d'une douceur extrême, puis la nuit tombait dans des froissements de velours. Les journées, elles, n'étaient qu'un immense éclat de lumière où il n'y avait de place que pour le bonheur.

Notre mère s'appelait Albine. Elle était plus fragile que Charles, moins secrète et toujours très gaie. Elle s'occupait de la maison qui était dressée sur une éminence, entre des saules cendrés et de fins peupliers, à cinq cents mètres de la rive. Les crues étaient très nombreuses et plus violentes qu'aujourd'hui, du moins il me le semble. Les pluies de printemps et d'automne engrossaient la rivière de flots tumultueux, sur lesquels il était dangereux de s'aventurer. Notre père, lui, s'y risquait sans la moindre crainte. Par tous les temps, pour éviter de les perdre à cause du courant, il allait relever les nasses, les cordes et les filets posés dans les chenaux entre les îles.

Le lieu-dit où se trouvait notre maison s'appelait les Saulières, à l'extrémité d'un chemin de terre, qui, depuis le plateau, descendait en pente douce vers la rivière. Sur près de six kilomètres, il serpentait entre des bois touffus, des champs et des prés toujours déserts. Ainsi, nous étions seuls en bas, au bout du monde, dans cette anse verte que délimitait la rivière, et nous vivions solitaires et farouches, comme personne, j'en suis sûr, n'a jamais vécu nulle part. Plus haut, au sommet de cette côte qui se frayait difficilement un passage entre des chênes magnifiques, il y avait le village, d'une trentaine de maisons, aux toits de tuiles brunes, où nous allions à l'école, bien décidés à refuser tout ce qui nous venait des autres – des adultes comme des enfants.

Octobre était l'époque où les rives étaient les plus belles, avec des teintes allant du jaune clair au vieil or, du cuivre le plus chaud au pourpre le plus vif, et quelques plumes de verdure encore fichées dans les plus hautes branches. Les frênes et les aulnes semblaient se pencher pour écouter l'eau se débattre contre les rochers, les troncs, les goulets qui la retenaient par endroits prisonnière, et la rivière prenait cette couleur d'huile lourde dont les reflets étincelaient sous le soleil pendant les embellies.

Je ne me souviens jamais de ces départs vers l'école, au début de l'automne, que comme une trahison envers ce que nous étions : un couple et trois enfants ivres d'eau, de soleil et d'amour. Il m'arrivait de faire demi-tour à mi-côte et de revenir vers l'eau. Je souffrais de m'éloigner de Charles et d'Albine, mais également de la douceur des rives où je me savais à l'abri, protégé des menaces qui rôdaient ailleurs. Je revenais vers elles en évitant la maison, me cachais dans les taillis, me couchais face au ciel, écoutais vivre ce monde qui me bouleversait.

Je guettais aussi la barque de Charles, sachant

l'heure et les endroits où il apparaissait, le buste droit, le geste ferme et sûr. Il la conduisait assis, au bout, du côté gauche, jouant avec les courants, les calmes, les dormants, et trouvait l'entrée des chenaux sans effort. Là, blotti dans les herbes hautes, j'avais l'impression de le protéger.

C'était avant que la vie nous emporte, avant que je comprenne vraiment ce qui se passait là, dans le secret des arbres, le murmure de l'eau, le parfum des herbes et cette lumineuse enfance qui me faisait tellement battre le cœur.

2

Paule ressemblait à notre mère : mêmes yeux clairs, même sensibilité dans le regard, même voix douce, et même passion pour la vie. Elles s'entendaient très bien, se confiaient des secrets dont elles riaient sans nous les faire partager. C'était un peu comme s'il y avait entre elles et nous une frontière que nous n'osions pas franchir, par respect mais aussi, probablement, par goût de ce mystère qu'elles entretenaient sans le savoir. Malgré leur gaieté apparente, cependant, toutes deux m'inquiétaient : je devinais qu'elles étaient plus fragiles que nous, que le cristal qui brillait dans leurs yeux, à tout instant, pouvait casser.

Baptiste, au contraire, était le portrait de Charles. Fort, trapu, les cheveux bruns frisés, il marchait les bras légèrement écartés du corps, comme s'il cherchait un équilibre qu'il ne trouvait vraiment que sur l'eau. Il parlait après d'amples réflexions, d'une voix assurée, ses grands yeux noirs fixés sur nous, et ne cillait jamais. Moi, j'étais plus timide, moins robuste que lui, mais aussi lent de parole, et sans doute le suis-je resté.

Notre père ne nous emmenait jamais sur la rivière quand il y avait du danger. C'était fréquent au printemps, à cause de la fonte des neiges dans le haut pays, mais aussi à l'équinoxe d'automne, lorsque le changement de saison provoquait de grands froissements de nuages qui précipitaient sur la terre de lourdes pluies. En quelques heures la Dordogne devenait folle et charriait des branches, des gravats, de la terre, des troncs d'arbres dangereux pour la navigation. Nous étions très inquiets pour Charles, mais il rentrait chaque soir toujours aussi calme, et nous disait en souriant :

– Ne vous inquiétez pas. Le vent a tourné. La décrue est pour demain.

En revanche, par basses eaux, l'été, il m'a emmené très tôt – je devais avoir cinq ans, guère plus – pour l'aider à relever les filets ou tendre ses lignes de fond. Je crois qu'il en avait l'envie depuis longtemps mais qu'Albine avait dû s'y opposer jusqu'à ce matin-là, me trouvant trop petit. Elle avait fini par capituler, car elle n'aimait pas le contredire. Au reste, ils s'entendaient trop bien pour prolonger sciemment des motifs de conflits et je ne me souviens pas de les avoir jamais vus se disputer. Sans doute s'arrangeaient-ils pour s'entretenir de leurs divergences – au demeurant très rares – en dehors de notre présence.

C'est à l'occasion de l'une de ces pêches que Charles m'a appris à nager, dans une anse blottie dans l'ombre épaisse des aulnes, au cœur d'une eau d'un vert profond, dans laquelle il m'a fait glisser doucement depuis la barque, tout en me retenant par la main. Puis il est venu me rejoindre et il m'a entraîné vers le fond, lentement, sans me brusquer. Je n'ai pas eu peur. D'ailleurs je n'ai jamais eu peur près de cet homme qui tenait les choses et les êtres si fermement. Nous sommes remontés plusieurs fois, et puis il m'a lâché. Alors j'ai replongé tout seul, les yeux ouverts sur le mystère des profondeurs où il me semblait que battait le cœur immense de cette rivière aussi sauvage que les poissons qui la peuplaient.

Très vite, je n'ai plus rien redouté des grands fonds. J'avais mesuré la force de l'eau, soupesé ses longs muscles et sa souplesse qui, si on n'y prend garde, peuvent se révéler dangereux. Puis Charles m'a appris à me déplacer en nageant sur le côté, une main glissant le long du corps, l'autre tendue vers l'avant, de la façon la plus naturelle. J'ai su plus tard que l'on appelait cette nage « l'indienne ». Pour moi, elle est restée celle de Charles, la plus belle, la plus efficace, la plus proche de ces poissons qu'il traquait pour gagner notre vie.

Deux ans ont passé et nous avons appris à nager à Baptiste, de la même manière. Dès lors, il est venu avec nous sur la barque et nous lui avons enseigné le silence nécessaire à la traque, l'écoute de l'eau, le danger des miroitements de la lumière, les murmures du vent, la force d'attraction des falaises, toutes ces choses que mon père donnait l'impression de connaître d'instinct. Je me souviens de ces filets remontés à trois à l'entrée des bras morts, des poissons qui coulaient dans le bateau comme un ruisseau, du sourire de Charles et des tremblements de Baptiste. Les poissons l'enfiévraient. Il ne les saisissait jamais sans appréhension, comme s'il allait commettre un sacrilège, mais très vite il riait, redevenait le même, sûr de lui et de son pouvoir sur le peuple de l'eau.

Je ne savais pas encore que c'était là que se forgeaient nos vies. Charles, lui, devait le savoir. Son regard se chargeait d'une gravité douloureuse dans laquelle je suspectais le pressentiment d'un malheur. Il devinait tout mais n'en parlait jamais. Parfois, sans raison, sinon connue de lui seul, il me prenait le bras, ou plutôt le poignet, et ses doigts épais me serraient avec une force qui avait quelque chose de désespéré. J'en ai compris la raison plus tard, quand j'ai réalisé que l'existence n'est qu'une perte et que nous sommes seuls pour accepter cette évidence ou renoncer à vivre.

A nous trois, nous avons appris à nager à Paule. Ou plutôt, nous avons cru lui apprendre, car d'instinct elle savait. Nous en avons fait la découverte un après-midi, à l'endroit même où Baptiste et moi avions pour la première fois plongé en eau profonde. Paule n'a pas voulu qu'on la tienne, ni même qu'on l'accompagne. Elle est descendue toute seule, dès le premier jour, et elle est remontée sans la moindre hésitation en s'aidant de ses bras et de ses jambes. Elle était en réalité une fille de l'eau : la rivière coulait en elle depuis sa naissance. Elle était aussi intrépide qu'elle, aussi fantasque, aussi folle, parfois. Charles semblait le deviner et notre mère, elle, le savait depuis longtemps. A tous deux, Paule faisait un peu peur, et ils avaient raison d'avoir peur.

Baptiste et moi, nous avons compris très tôt de quoi elle était capable, mais nous avons su en même temps que nous serions impuissants à la protéger, que ce soit d'elle-même ou des autres. D'ailleurs, que nous importait, à l'époque, cette sorte de folie qui l'habitait ? Elle nous suivait partout, légère et trop belle, déjà, pour nous, qui osions à peine lui parler. Mais les mots n'étaient pas nécessaires entre nous. C'est la rivière qui, à travers elle, nous parlait. Nous avions appris à l'écouter, cela nous suffisait.

3

L'hiver, les arbres perdaient leurs feuilles, et l'on apercevait de loin la rivière, ses eaux de fer qui s'acharnaient contre la falaise. Charles sortait moins, car les poissons attendaient le réchauffement des eaux, blottis dans leurs caches secrètes, sous les rochers. Nous vivions comme eux, tapis dans notre refuge. Il y avait des jours de neige qui nous isolaient encore davantage. Nous n'allions plus à l'école. Des oiseaux blancs tournaient sous le ciel d'un éclat aveuglant. Ils se posaient rarement sur les berges désolées qui viraient au rose cendré, et que le gel prenait parfois dans sa gangue si blanche qu'elles me faisaient penser aux candélabres de l'église.

Nous y allions pour Noël, à l'église, accompagnés par Charles, exceptionnellement. C'était en effet la seule fois qu'il consentait à monter jusqu'au village. D'ailleurs il n'avait pas besoin d'y aller, car Albine s'occupait des provisions. Au reste, il n'aimait pas ça. Je crois que les autres hommes l'intimidaient, ou plutôt qu'il se méfiait d'eux. Mais il devait aimer les lumières de l'église, cette nuit-là. Elles représentaient une fête dont il se souviendrait toute l'année et qui lui suffisait. Il a toujours été économe de ses gestes comme de ses joies, peut-être parce qu'il savait qu'elles nous sont mesurées.

Nous partions vers dix heures sur le chemin désert, une lampe à la main. Nos chaussures cognaient contre la terre gelée. Le vent du nord agitait les branches nues des arbres sous les étoiles. Elles luisaient comme des pierres précieuses, clignotaient pour nous indiquer le chemin, mais nous ne risquions pas de nous perdre : malgré l'ombre de la nuit, nous en connaissions chaque aspérité, chaque creux, chaque piège. Nous n'avions pas peur. Nous avions simplement hâte d'arriver.

Là-haut, une fois dans la nef, je me plaçais à côté de Charles pour sentir l'odeur de son costume de velours. Je respirais bien à fond, les yeux fermés, pour en faire provision d'une année. Lui, il ouvrait grand ses yeux habitués à la verdure et à l'eau fuyante. Il ne chantait pas. Il écoutait chanter. La lumière des lustres, l'or du retable l'émerveillaient. Il était heureux et je le savais. On aurait dit un enfant qui accède à un rêve longtemps poursuivi. Je me serrais contre lui pour sentir son bras contre mon épaule, m'emplir de l'odeur du velours dont je savais qu'elle ne persisterait pas au-delà de cette nuit-là.

A la fin de la messe, nous tardions toujours à repartir, car Paule voulait voir la crèche et l'Enfant Jésus. Elle s'en approchait lentement, précautionneusement, en tenant la main d'Albine. Nous restions au fond, Charles, Baptiste et moi. Jamais Charles ne s'en est approché, sinon je l'aurais suivi et je m'en souviendrais. Quelque chose le retenait, comme souvent, à l'orée de ce qui, pensait-il peut-être, était trop beau pour lui.

Nous repartions passé une heure du matin, éblouis de reflets d'or et de chants, marchant les uns derrière les autres, sur le chemin qui s'enfonçait dans la nuit de plus en plus épaisse. Je me tenais toujours au plus près de Charles, à cause du velours. Chaque fois que j'ai senti cette odeur, plus tard, loin de lui, je me suis retrouvé sur ce chemin d'avant le désastre, à l'époque où l'on croit que tout est créé pour durer, que la vie n'est qu'un prolongement des premières fois. Si j'avais su ce que je sais, j'aurais souhaité ne jamais arriver, continuer jusqu'à l'épuisement vers les lumières lointaines d'une demeure que l'on n'atteint jamais.

Venaient des jours de gel et de glace. La rivière et ses rives étaient un miroir immense qui plaquait les oiseaux contre le ciel, les faisait crier et s'abattre sur les berges désertes. Baptiste et moi, nous jouions alors à les débusquer. Les pluviers, les vanneaux, les sarcelles n'avaient pour nous aucun secret : ils nous parlaient des pays lointains d'où ils venaient, nous faisaient partager leurs voyages, et c'était comme si nous pouvions voler.

Mais celles que nous attendions sans oser l'avouer, c'étaient les oies sauvages. Elles arrivaient de nuit, s'appelaient en tournant au-dessus des prairies, surtout s'il y avait du brouillard. Elles se posaient sur la grande île, mais traversaient parfois la rivière, pour trouver de quoi manger. Nous avions construit des affûts et nous pouvions les admirer jusqu'à ce que l'impatience à les voir s'envoler nous pousse à nous montrer. C'était ce que nous faisions brusquement, en courant vers elles.

J'ai longtemps gardé en moi ce bruit étrange, bouleversant, ce froissement d'ailes géantes dans les oreilles. C'était comme si la rivière s'envolait. Baptiste riait. Moi je courais pour ne pas les perdre de vue, jusqu'à ce que le V formé par leur cortège se fonde dans l'acier du ciel, là-bas, au-delà des collines.

Et puis venaient des jours étincelants, des grandes plages blanches de temps immobile, sans école, sans lendemain. Les trous d'eau, les fossés des prairies étaient pris par la glace. La sauvagine perdait toute prudence. Nous surprenions des renards, des lièvres, des putois, des ragondins, des loutres, des fouines, qui souffraient de l'hiver. Nous rentrions le soir, ivres de froid, de lumière, les mains gelées, et Baptiste me disait :

– Des oies sont restées sur la grande île. Je les ai vues derrière l'oseraie. Dès que l'eau baissera, on traversera.

Nous ne traversions pas, cependant. Charles nous l'avait interdit et d'ailleurs comment aurions-nous fait puisqu'il rentrait ses deux barques ? Nous reprenions notre affût, la peau mordue par le gel, guettant les grands oiseaux qui s'étaient tous envolés vers d'autres rivages, ce que nous ne pouvions pas accepter.

Baptiste inventait d'autres jeux, d'autres traques, d'où nous rentrions frigorifiés, bien après la tombée de la nuit. Alors nous nous précipitions devant la cheminée, et nous nous allongions face aux flammes dorées, muets soudain, épuisés, regardant devant nous s'envoler des oiseaux de feu.

Albine s'inquiétait pour notre santé, mais Charles levait à peine les yeux. Il savait que le froid de l'hiver fige délicieusement les images du bonheur et il était heureux pour nous, sans jamais le dire, que nous soyons capables d'aller, chaque jour, en faire provision pour toute une vie.

4

Albine avait ses secrets. Elle se rendait une fois par semaine au village, sur le plateau, pour chercher des travaux de couture chez une femme qui habitait sur la place, près de l'église. Elle y travaillait chaque jour patiemment, prenait grand soin de son ouvrage qu'elle rapportait la semaine suivante. Elle partait le matin et rentrait à la nuit, un panier plein à chaque bras. Charles ne semblait pas s'en inquiéter. Moi, parfois, je demandais :

– Pourquoi t'en vas-tu si longtemps ?

– Une journée, allons, est-ce que ça compte ? répondait-elle en soupirant.

Elle chantait continuellement, tandis que ses doigts agiles maniaient l'aiguille et les ciseaux, et elle rêvait beaucoup, je l'ai compris très tôt, tout en m'en inquiétant. Elle se tenait sans cesse à sa couture ou faisait la cuisine, s'occupait du jardin, vidait les poissons rapportés par Charles, mais elle n'allait jamais au bord de la rivière, ne s'approchait pas de l'eau. Je sais aujourd'hui pourquoi elle en avait si peur et pourquoi elle avait tellement raison d'avoir peur. Mais alors, sa présence suffisait à éclairer la maison, même les jours de pluie.

Ces jours-là, il nous arrivait de rester près d'elle, au lieu d'aller nous perdre dans les prairies. C'est à ces occasions-là que j'ai découvert le parfum du temps :

celui du linge repassé par une mère, un après-midi de pluie. C'est là, aussi, que s'est creusée en moi la blessure la plus profonde, celle qui ne s'ouvre que plus tard, et nous fait demander s'il faut continuer après avoir connu ça – l'avoir connu et l'avoir perdu. Ce n'est rien, pourtant, ou pas grand-chose, mais il y a ce geste de la mère qui soulève le fer, puis l'abat, la fumée qui monte, le parfum de linge chaud, brûlé, presque, qui se répand et le sourire, quand les regards se croisent pour prolonger ce moment qui déjà est passé et dont, enfant, nous ne savons pas qu'il ne reviendra plus.

Albine, notre mère, c'était cela : ce parfum de linge chaud, ces chants et ce sourire. Aujourd'hui qu'elle est morte, trois ou quatre images, comme celles-là, demeurent en moi et me foudroient, me renvoyant vers ces heures des premières fois où j'ai senti la furtive caresse du temps qui fuit. Plus tard, très loin de là, par des portes entrouvertes, cette même odeur a jailli, me renvoyant violemment vers cette époque mais en me privant de son essentielle saveur : ce n'était plus la main d'Albine qui tenait le fer. Ses mains reposaient sur sa poitrine, dans un petit cimetière aux marguerites blanches et depuis longtemps je n'entendais plus sa voix, ses mots qui s'accordaient si bien avec ses gestes pleins de douceur.

Car elle se confiait plus volontiers que Charles. Elle parlait de ses rêves, de lointains voyages, de paquebots immenses, de ces pays où elle n'irait jamais.

Parfois, je lui demandais :

– Tu partirais sans nous ?

– Bien sûr que non. Je vous emmènerais.

Je m'inquiétais pour Charles, qui n'accepterait jamais de quitter la rivière et je me demandais comment, si différents, ils avaient pu se rencontrer. Je sais aujourd'hui comment cela s'était passé. Il me l'a raconté, plus tard, quand je suis revenu après de longues années, et que je l'ai retrouvé, si changé, si fragile : enfant, il vivait en amont, sur la rivière où son père était pêcheur comme lui devait le devenir. Albine était la fille d'un fermier dont les terres finissaient à la rivière. Elle s'en approchait parfois, l'été, entre les fenaisons et les moissons, et elle s'endormait sous un frêne du bord de l'eau, toujours le même.

Un jour, Charles l'avait aperçue, observée, puis guettée sur le chemin, après avoir attendu qu'elle veuille bien se réveiller. Depuis cet après-midi-là, ils ne s'étaient plus quittés. Que s'étaient-ils dit pour s'apprivoiser ? Je ne l'ai jamais su car on ne parlait pas de ces choses-là. Charles, plus tard, quand il s'est mis à parler à l'heure où l'on quitte la vie et que l'on croit devoir transmettre le peu que l'on sait, ne m'en a rien dit. En fait, ils s'aimaient comme on s'aimait avant, dans ces confins où les rivières, la terre et le ciel dominent les vivants, c'est-à-dire d'instinct. De ces amours éclairés par la beauté du monde et dont l'éclat ne ternit jamais. Ils avaient eu cette chance, ils l'avaient saisie, et ne la lâchaient plus.

Au retour de la pêche, Charles s'approchait d'elle, la frôlait, mais il ne la touchait jamais devant nous. Il disait « votre mère » avec une sorte de distance, de respect, dont il ne s'est jamais départi. Je crois qu'elle l'intimidait. Lui, l'enfant de l'eau, de la vie sauvage, élevé dans un milieu d'hommes, avait connu peu de femmes, car sa propre mère était morte en couches. Il avait un frère, mais pas de sœur. Albine, découverte à dix-huit ans dans la beauté d'une jeunesse ensoleillée, vêtue d'une robe légère sur le chemin fleuri de graminées, l'avait envoûté. Il n'avait jamais vraiment osé s'approcher de ce feu qui pouvait le brûler, lui, l'homme de la rivière. Je ne sais pas s'il l'avait comprise. Il l'avait seulement apprivoisée, comme on apprivoise un animal qui vous est étranger.

En fait, ils s'étaient rencontrés à l'extrême limite de deux univers quasiment étrangers, et cette alliance était aussi belle que fragile. Il fallait voir Albine laver, repasser, repriser amoureusement les vêtements de Charles. Je jurerais l'avoir aperçue à plusieurs reprises occupée, les yeux clos, à respirer l'une de ses chemises encore chaude avant de la glisser dans l'armoire. Parfois, pourtant, je me demande si je ne l'ai pas rêvé. Depuis que le temps a coulé sur ma mémoire, j'ai découvert que j'ai souvent cru voir des choses qui, en réalité, n'ont jamais existé : des chevaux dans un pré qui a toujours été désert, des tuiles rouges sur une toiture en ardoises, ou des peupliers le long d'un chemin nu. Après tout, il est possible que j'aie souhaité très fort voir Albine respirer les chemises de Charles. Et cependant, à cette image, à ce souvenir, mon cœur s'emplit de cette âcre douceur des tissus chauds, du parfum des moments bénis de l'existence.

C'est sans doute parce qu'ils étaient tellement différents qu'ils s'aimaient comme ils s'aimaient. Ils avaient gardé leurs secrets, s'approchaient l'un de l'autre avec précaution, ne se lassaient pas des possibles découvertes. Le ciel et l'eau, au-dessus d'eux, près d'eux, veillaient à ce que la lumière des jours ne baisse jamais et jamais je ne l'ai vue se voiler, sinon définitivement, le jour où Albine a décidé de rejoindre Paule, dans ce pays où elle était partie, si loin de nous, définitivement.

5

Les printemps surgissaient toujours un matin, dans un éclaboussement de lumière. Le vent avait tourné à l'ouest depuis trois jours. C'étaient les ronciers, les cerisiers sauvages, les mûriers qui se réveillaient les premiers. L'eau n'avait jamais été aussi froide. Là-bas, dans le haut pays, les neiges fondaient. Charles avait ressorti ses deux barques, réparé ses filets, ajusté les hameçons à ses cordes. La rivière était nerveuse et dangereuse. Il ne nous emmènerait pas, Baptiste et moi, avant le mois de mai.

C'était alors une explosion de couleurs où le vert dominait. Les prairies embaumaient, et les fleurs jaillissaient avec une force, une profusion qui toujours m'étonnaient. Pour pêcher, il nous suffisait de barrer les bras morts et l'entrée des chenaux entre les îles. Les truites et les perches, épuisées par le frai, cherchaient l'abri des courants et Charles le savait. Il ne lui était pas difficile de les prendre au piège du filet. Moi je sentais que les jours grandissaient, que les grandes vacances approchaient, que rien ne pourrait me priver de cette liberté qui m'était promise. Car il est vrai que les enfants espèrent toujours le meilleur, au contraire des hommes auxquels la vie a enseigné à se méfier – du moins les enfants qui vivent dans la beauté du monde sans avoir jamais connu la brûlure du malheur.

C'était mon cas, alors, et l'été qui déjà se montrait augmentait délicieusement le temps de ces découvertes. Je me souviens de ces interminables journées de juin qui me trouvaient debout à l'aube, dans la lueur cristalline qui tremblait entre le ciel et l'eau. Les midis s'abattaient sur la rivière dans un immense éclat qui brûlait tout, même les rives oscillantes comme des serpents, dont le vert s'embrasait. Le jour se prolongeait infiniment dans des soirées de chaleur et de silence. Le niveau des eaux baissait. Nous pouvions traverser à la nage et atteindre sans mal la grande île qui était devenue pour nous un refuge, le domaine sacré de notre liberté. Ce territoire nous appartenait en propre. Charles n'y accostait jamais lorsque nous y étions. Il savait ce que représentaient pour nous ces heures d'indépendance et d'insouciance, dans l'ombre des aulnes et des grands frênes.

A six heures, nous rentrions pour voir Charles jeter l'épervier. Ce n'était pas vraiment, pour lui, une pêche, mais une distraction qu'il pratiquait en fin d'après-midi pour prendre la friture du repas du soir. Il l'avait fabriqué lui-même et le jetait d'un geste ample, les mains hautes, vers les trous d'eau proches de la rive. Cet épervier, en émergeant, provoquait un grand scintillement de lumière, d'où coulaient des goujons, des ablettes, une blanchaille qu'Albine ferait frire en entrée pour le dîner. Souvent, aujourd'hui, l'été, je revois Charles debout, tête nue, jetant l'épervier dans l'eau pétillante, et, un instant, un bref instant, rien ne me sépare plus, fugacement, de ces heures-là.

Après le repas, nous repartions dans l'île pour

regarder le jour s'éteindre. L'eau, presque tiède, lavait le sable et la sueur collés sur notre peau brunie. Nous jouions à nous poursuivre, à nous cacher, à nous perdre dans les herbes hautes et les fougères. Nous revenions fourbus dans la nuit qui tombait, sous le regard des étoiles complices. L'air sentait la feuille chaude, le chèvrefeuille, les genêts âcres, les fleurs sauvages.

Charles et Albine nous attendaient sur la terrasse et nous entendions leur murmure de loin. Il faut avoir connu ces soirées de juin pour deviner la vraie douceur du monde : la palpitation secrète de la nuit, le velours tiède de l'ombre qui ressemble à celui des ventres maternels où les bruits vous parviennent étouffés, où les caresses de l'air sont aussi douces que celles de l'eau. Comment ceux qui ont connu cela peuvent-ils vivre après coup ? En souffrant plus que d'autres, sans doute. Souvent, j'entends dans mon sommeil le murmure de Charles et d'Albine : deux ombres sur la terrasse fleurie de glycines, dont l'une dit, dès que nous arrivons :

– Il faut aller dormir, petits.

Dormir ! Combien de fois ai-je souhaité être capable de sommeil ! Je m'écroulais sur mon lit mais mon corps, pourtant épuisé, refusait de rendre les armes. Je revivais chaque instant de la journée, chaque éclair de soleil à travers les branches des arbres, entendais chaque mot murmuré, courais sur le chemin de sable vers la maison où je savais qu'ils m'attendaient. Je m'endormais brusquement vers deux heures du matin, passais le reste de la nuit sans le moindre rêve et m'éveillais d'un seul coup avec le jour, prêt à reconquérir mon royaume.

6

Nous faisions naturellement la distinction entre le monde de l'eau et celui de la terre. Le premier était le monde enchanté, le second celui des dangers. A quelques exceptions près, car il avait ses charmes, parfois, même s'ils ne duraient pas. Surtout l'été, en juin et juillet. Alors nous traversions pour aller de l'autre côté de l'île dans les champs et les prés. Notre père participait aux foins et aux moissons, comme il était d'usage, à l'époque, entre gens de connaissance. Les paysans lui achetaient ses poissons, et il les aidait de son mieux au moment des gros travaux. Dans mon souvenir, ces jours ont gardé leur immense clarté, leur éclat d'une incomparable pureté.

Je n'ai rien oublié de ces matins ruisselants de lumière qui nous voyaient accoster, mon père, Baptiste et moi, de l'autre côté de la grande île. L'air sentait la poussière collée par la rosée sur les chemins de terre. Les feuilles des arbres frissonnaient aux parfums plutôt qu'aux souffles du vent. Car il n'y avait pas de vent. Il y avait seulement cette lumière pâle encore, mais qui se dorait très vite au soleil montant dans le ciel comme un oiseau trop lourd. Je sais bien aujourd'hui que je n'ai jamais plus retrouvé la tiédeur de la caresse des premiers rayons, durant ces étés-là, et je crois que j'ai passé toute ma vie à la chercher. En vain, hélas, car rien en ce monde n'aura jamais la douceur de ces premières fois : c'est ce que j'ai mis très longtemps à comprendre, si longtemps qu'à cette évidence, l'âge venu, j'ai dû réapprendre à vivre.

Nous partions à pied, mon père, Baptiste et moi, dans des prairies où les paysans s'étaient déjà mis au travail. On me donnait un râteau ou une fourche aux dents de bois. Les andains coupés la veille s'étiraient sur le sol, couleur de sauterelle. Entre les arbres, des granges émergeaient à peine des prairies lourdes de foin. Les hommes en chemise et ceinture de flanelle écartaient l'herbe coupée d'un geste ample, majestueux. Les femmes, en tablier à fleurs, coiffées de larges chapeaux de paille, installaient les paniers à l'ombre des haies, en écoutant la chanson de l'eau. Ensuite, elles les rejoignaient et retournaient le foin elles aussi, les yeux pleins des rêves de la nuit.

Je ne m'éloignais pas de mon père, tâchais de travailler comme lui, mais, comme tous les enfants, je me fatiguais vite. L'air commençait à sentir la paille sèche, la feuille brûlée. La matinée s'avançait doucement, poussée par des murmures de vent plus légers qu'un oiseau, et qui froissaient doucement les feuilles des trembles. Alors le parfum épais de l'herbe couchée se levait, montait en nappes vertes au-dessus des prés qui ondulaient dans la brume de chaleur. Le temps s'arrêtait. La sueur coulait dans mes yeux. Je ne tardais pas à me réfugier à l'ombre des peupliers de la rive, d'où j'apercevais la grande île.

Je m'allongeais sur le dos, j'entendais l'eau, la chanson des feuilles, la voix des femmes qui parlaient de maladies, de deuils et de naissances. Je me redressais, ouvrais grand les yeux, cherchais mon père du regard, écoutais les clochers sonner midi. Les femmes avaient posé le pain, les charcuteries et les salades sur des couvertures de toile brute que les inégalités de l'herbe bosselaient. Les hommes s'approchaient, s'asseyaient avec des soupirs, fouillaient leurs poches, sortaient leur couteau, faisaient saillir la lame qui jetait un éclat de source dans l'ombre bleue. Ils repoussaient leur chapeau vers l'arrière, s'essuyaient le front, coupaient le pain, tendaient des tranches épaisses aux femmes et aux enfants. Puis ils se mettaient à manger, tenant la nourriture entre le pli de la main et leur pouce. Ils ne parlaient pas : ils rêvaient à la nuit, à des granges pleines, au repos de l'hiver, à leur jeunesse perdue, à des amis lointains. Ils essuyaient des larmes de bonheur et de fatigue. Ils riaient d'avoir échappé au soleil, d'une jupe qui les frôlait, du vin dont on avait mis les bouteilles dans la rivière afin de les tenir au frais, et qu'ils buvaient les yeux mi-clos, la tête inclinée en arrière.

Les femmes mangeaient distraitement, leurs nuques adoucies par la sueur. Je m'asseyais près de Charles qui demeurait toujours un peu à l'écart, comme s'il n'appartenait pas vraiment à ce monde-là. De temps en temps, son regard sombre se posait sur moi, mais il ne me voyait pas. Il s'envolait vers la rivière, vers des lieux connus de lui seul, m'abandonnant sur le rivage des hommes étrangers. Alors je demandais :

– Où es-tu ?

– Ici, répondait-il après avoir sursauté, mais il y avait dans ses yeux une lueur qui était comme un appel de l'eau.

C'était l'heure de la sieste. Les hommes s'allongeaient sur le dos, les mains croisées derrière la tête, abaissaient leur chapeau sur leurs yeux, ne bougeaient plus. Les femmes faisaient taire les enfants, les emmenaient plus loin, descendaient sur des plages de galets. Ils finissaient toujours par tomber dans l'eau qui était d'une fraîcheur extrême et glaçait le sang. Ils remontaient alors sur la berge, se couchaient au soleil qui les réchauffait très vite. Moi, je regardais les hommes qui semblaient morts, écrasés sur la terre par une main divine. Comme eux, souvent, je m'endormais.

Ils étaient de nouveau au travail quand je me réveillais. La paix profonde du jour reposait sur la terre, abolissant le temps. J'avais l'impression que le soir n'arriverait jamais. J'avais hâte pourtant, car Charles me paraissait de plus en plus seul parmi les autres hommes. J'étais persuadé qu'il fallait que je le protège, que je l'aide à retourner vers l'eau, et je savais que Baptiste nourrissait les mêmes pensées que moi.

Nous guettions le déclin du jour qui s'annonçait par un froissement plus ample des feuilles de peupliers. Les femmes partaient les premières, puis les chars se mettaient en route vers les fermes en cahotant dans les ornières. Charles serrait des mains, venait vers nous qui l'attendions sur le chemin de la rivière. Sans un mot, il détachait la barque, et nous regagnions enfin la rive opposée, notre monde à l'écart du monde sous un ciel strié d'hirondelles.

Charles avait l'air un peu ivre. Il nous regardait sans nous voir, mais moi j'avais retrouvé celui que l'on m'avait pris, et je ne prêtais plus attention qu'au calme du soir, celui que je recherche encore aujourd'hui, en juin, sur les traces de ceux qui ne sont plus. Les années qui ont passé depuis ces jours n'ont rien terni de leur éclat. Pourtant, ni Charles ni Baptiste ne marchent à côté de moi sur le chemin de sable blanc. Si je tente de mettre mes pas dans les leurs, c'est toujours avec le même serrement de cœur, car nous ne pourrons jamais accepter, même quand nous connaîtrons la clef de l'énigme qui gouverne nos vies, que nous soit si cruellement retirée la présence de ceux que nous avons aimés.

7

La plupart du temps, nous vivions seuls, et c'est ainsi que nous étions le plus heureux. Il n'y avait que Paule pour s'en inquiéter et demander parfois, brusquement, au cours d'un repas, sans que sa question eût aucun rapport avec la conversation :

– Alors, vraiment, nous sommes seuls ? Nous n'avons pas d'autre famille ?

– Nous ne sommes pas seuls, puisque nous sommes cinq, répondait Albine avec un peu d'agacement.

– Pourquoi ne voyons-nous jamais personne ?

– Mon père est mort, disait Charles, et mon frère est parti à Paris pour trouver du travail.

Paule se tournait vers notre mère qui croyait nécessaire de se justifier en disant :

– Les miens ont pris un fermage plus bas, en Dordogne.

– Pourquoi ne les voit-on pas ?

– Ils n'ont pas le temps.

– Et nous, pourquoi ne va-t-on pas les voir ?

– Parce que nous travaillons, répondait Albine, qui, en réalité, s'était fâchée avec ses parents lors de son mariage avec Charles.

Ceux-ci, en effet, n'avaient pas approuvé sa décision de faire sa vie avec un pêcheur. Pour eux, ce n'était pas un métier, sinon de misère. Il n'y avait que la terre qui comptait, qui permettait de vivre, même si on n'en était pas propriétaire.

– Ne sommes-nous pas heureux ainsi ? demandait alors Albine qui se sentait coupable.

Elle ajoutait, d'un ton plus bas, comme si elle craignait nos réponses :

– Il vous manque quelque chose ?

A moi, il ne me manquait rien. Au contraire, je me réjouissais de cette solitude à cinq qui nous resserrait les uns contre les autres et, en même temps, je le devinais, nous protégeait de ce qui nous menacerait un jour. Ces conversations, si elles ne préoccupaient pas Charles, troublaient Albine. Durant les jours qui suivaient, elle se montrait plus nerveuse, passait d'une pièce à l'autre sans raison, parlait à voix basse pour elle seule. Parfois, elle m'interrogeait avec, dans la voix, comme une angoisse :

– Est-ce que tu te sens seul, Bastien ?

Je répondais avec le plus d'assurance possible :

– Jamais.

– Ah, bon ! se rassurait-elle.

Elle ajoutait, retrouvant son sourire :

– Merci, Bastien.

Ça n'allait pas plus loin, mais je savais qu'elle s'inquiétait aussi auprès de Baptiste, que ces questions agaçaient. Pour lui, nous vivions ainsi, et c'était la seule manière de vivre bien. Finalement, seule Paule semait le trouble et Baptiste ne manquait pas de le lui reprocher :

– Tu ne peux pas te taire, non ? Qu'est-ce que tu cherches, à la fin ?

– Je ne sais pas, répondait Paule.

– Tu n'es pas bien, ici, avec nous ?

– Mais si, bien sûr.

– Alors tais-toi.

Un jour, pourtant, un homme est arrivé sur une moto, qui ressemblait étrangement à Albine. C'était son frère, qui venait lui annoncer que leur père était gravement malade. L'homme était grand, maigre, avec des bras très longs et des yeux très clairs. Nous étions en train de manger. Il était midi passé, ce devait être en juillet ou en août, car il faisait très chaud. Albine et son frère se sont isolés dans la cuisine, puis ils sont revenus vers nous et elle a ajouté un couvert. L'homme s'est assis en face d'elle, et nous sommes tous devenus subitement silencieux, n'osant dévoiler à un étranger ce que nous étions vraiment et comment nous vivions.

Le repas s'est déroulé péniblement, Paule dévisageant effrontément cet oncle qui surgissait à l'improviste, de surcroît porteur d'une terrible nouvelle. Il m'a semblé que nous n'étions plus nous-mêmes et je n'ai pas du tout aimé cette visite, qui, d'ailleurs, ne s'est jamais renouvelée.

Après le repas, ils sont partis tous les deux sur la moto, Albine ayant passé ses bras autour du torse de son frère, dans un mouvement naturel mais qui m'a paru déplacé. C'était la première fois qu'elle nous quittait. Charles, pourtant, ne paraissait pas trop inquiet.

– Rentrons ! a-t-il dit simplement quand la moto eut disparu derrière les arbres du chemin.

Nous nous sommes retrouvés orphelins de mère, et Charles s'est mis à errer comme une âme en peine entre la maison et la rivière sans se décider à aller pêcher. Nous, les enfants, nous avons vécu suspendus dans une attente anxieuse, comme si, soudain, la maison n'était plus la même et comme si une ombre froide était tombée sur notre univers.

Albine est rentrée trois jours plus tard par le train, un peu changée, mais avec quelque chose de très doux dans le regard. Avant de mourir, son père avait souhaité la voir pour lui demander de lui pardonner de l'avoir rejetée à l'occasion de son mariage. Ces retrouvailles l'avaient pacifiée, même si elles avaient été tardives. Le vieil homme avait eu le temps de lui parler, et ils s'étaient retrouvés comme avant, quand ils vivaient ensemble au milieu des champs, étrangers au monde de la rivière.

– Alors, maintenant, on pourra les voir ? a demandé Paule.

– C'est loin, tu sais, a répondu Albine.

Il n'en a plus jamais été question. Cette visite a été la seule intrusion dans notre vie isolée, et Paule a cessé de poser ses questions dérangeantes.

Au reste, autant elle cherchait à agrandir notre famille – peut-être par souci d'une plus grande protection contre le monde extérieur –, autant elle se montrait hostile envers tous ceux qu'elle considérait comme des étrangers.

Il en venait rarement par la route, si loin du village. S'ils arrivaient jusqu'à nous, c'était par la rivière : les paysans d'en face qui traversaient parfois, ou alors des inconnus qui descendaient en bateau, surtout en été. Paule, comme nous, ne supportait pas que quelqu'un accoste sur la grande île. Elle nous accompagnait à la rencontre des intrus, prenait la parole pour les dissuader de rester, leur montrer combien ils seraient mieux ailleurs.

40

– Que faites-vous ici ? demandait-elle d'un ton qui ne laissait aucun doute sur sa réprobation.

Les étrangers tentaient de s'expliquer, mais les questions pleuvaient, ne leur laissant pas le temps de répondre :

– D'où venez-vous ? Qui êtes-vous ?

A la fin, elle allait jusqu'à prétendre que l'eau pouvait monter dans la nuit et tout emporter, que c'était arrivé une fois, des barrages de branches et de troncs avaient cédé sous l'effet de gros orages dans le haut pays. Souvent les étrangers décampaient. Si ce n'était pas le cas, elle n'en dormait pas et, le matin, elle était debout avant le jour pour aller réveiller les profanateurs.

Baptiste lui demandait parfois :

– Est-ce que tu sais ce que tu veux ? Tu trouves qu'on est trop seuls et tu ne veux voir personne !

– Je veux une grande famille, disait-elle, mais je ne veux pas d'étrangers.

Et elle ajoutait, d'une voix décidée :

– Plus tard, j'aurai huit enfants. Quatre garçons et quatre filles.

– Et où vivras-tu ?

– Ici, bien sûr.

– Tu en es certaine ?

– Evidemment.

– La maison sera trop petite, déplorait Baptiste, brusquement inquiet.

– Nous en construirons une autre à côté. Tout près. Ainsi, nous ne nous quitterons pas.

Baptiste la considérait gravement et se taisait. Moi, je me demandais si elle pensait vraiment ce qu'elle disait ou si elle jouait à rêver parce qu'elle avait trop peur de ce que nous allions devenir. Je crois qu'elle avait surtout la prescience de ce qu'était la vie en dehors de notre domaine, et qu'elle en était, par avance, secrètement terrorisée.

8

Un soir, Charles n'est pas rentré. Ce devait être en
avril, car la nuit tombait tôt, et sans doute juste après
les vacances de Pâques, puisque nous avions repris
l'école. Il avait beaucoup plu depuis une semaine et
les eaux étaient hautes, chargées de branches et de
troncs arrachés aux berges d'amont. Depuis une heure
déjà, Albine n'était plus la même : elle s'agitait devant
sa cuisinière, laissait choir les objets, parlait à mi-voix.
En cette saison-là, Charles avait l'habitude de rentrer
avant six heures, à peu près au moment où nous arrivions, nous, du village. Pourtant, la nuit était tombée
sans qu'il se montre, malgré le mauvais temps et la
puissance de la rivière qui devait être très froide à cause
de la fonte des neiges.

Nous pensions tous, souvent, au danger de la
noyade, mais nous n'en parlions pas. Charles, lui, ne
l'évoquait jamais, et d'ailleurs sa force, sa confiance
éloignaient toujours le danger. Ce soir-là, nous guettions le moindre bruit sur le chemin, la plus petite lueur,
mais le temps passait et il n'arrivait pas. Albine était
très pâle, avait de plus en plus de mal à se maîtriser.

– Mangeons ! a-t-elle dit brusquement, je suis sûre
que ça le fera venir.

En fait, elle n'était sûre de rien, au contraire. Nous

nous sommes installés à table, en évitant que nos regards se croisent. Seule Paule ne semblait pas inquiète. Baptiste et moi, pour avoir souvent vu la rivière si haute, savions mieux quel péril elle représentait. Nous ne parvenions pas à manger. Albine était de plus en plus pâle, haletait légèrement comme sous l'emprise d'une douleur physique. A la fin, n'y tenant plus, elle a dit dans un sanglot à peine étouffé :

– Il faut aller voir.

Puis elle a ajouté :

– Baptiste, tu vas rester ici avec Paule, et Bastien va venir avec moi.

Mais Baptiste a refusé de rester à la maison, si bien que nous sommes partis tous les quatre, une lampe-tempête portée par Albine, sur le chemin de la rivière. Il y avait du vent, beaucoup de vent, et pourtant nous entendions le grondement de l'eau, loin devant nous, au-delà des frênes et des peupliers. Un croissant de lune éclairait à peine les taillis autour du chemin, et la nuit nous paraissait pleine de menaces.

Le premier appel d'Albine m'a transpercé de terreur : il y avait dans sa voix tant de souffrance, qu'elle me semblait accroître notre peur au milieu de cette ombre si hostile. Au bord de l'eau, le vacarme des flots en furie était effrayant. Je me disais que si Charles était tombé, il devait à cette heure s'être noyé, mais si je souffrais, c'était surtout pour Albine dont j'imaginais le chagrin.

Nous avons appelé longtemps, longtemps, puis nous sommes descendus vers l'aval en suivant un étroit chemin de rive, les uns derrière les autres, toujours aussi épouvantés par le grondement de l'eau. A l'endroit où finissait le sentier, nous nous sommes arrêtés, et nous avons appelé de nouveau, mais sans résultat. Nous ne savions plus que faire.

– Il nous attend peut-être à la maison, a dit Paule.

Albine a paru alors reprendre espoir et a fait demi-tour. Nous avons marché de plus en plus vite en direction de la maison, et nous avons fini par courir, pressés de regagner un refuge sûr où le malheur ne pouvait pas s'être installé. Pourtant, la maison était vide : Charles n'était pas rentré. Nous avons vainement poussé toutes les portes, inspecté toutes les pièces, puis nous nous sommes assis dans la salle à manger.

– Il n'y a plus qu'à attendre, a soufflé Albine.

Je ne l'avais jamais vue si désespérée, et je mesurais vraiment à quel point ils étaient indispensables l'un à l'autre. Le sang semblait avoir reflué de son visage. Elle ne pouvait pas s'arrêter de trembler. Elle nous regardait sans nous voir, esquissant de temps en temps un faible sourire qui n'était qu'une grimace.

Les minutes, puis les heures, ont commencé à s'écouler. Paule était allée se coucher, Baptiste s'était endormi près de nous dans la salle à manger où je demeurais seul à veiller avec Albine. Elle s'est rapprochée de moi, a passé son bras droit autour de mes épaules et m'a tenu serré contre elle. Je sentais sa poitrine se soulever doucement et quelque chose, d'infiniment précieux, se substituait à mon angoisse : c'était comme si rien de grave ne pouvait survenir cette nuit-là, malgré l'absence de Charles, malgré le danger des flots en colère. Comment lui dire, cependant, cette certitude qui m'habitait ? J'ai murmuré :

– Ne t'inquiète pas. Je sais qu'il est vivant.

– Oui oui, a-t-elle répété, il est vivant, il est vivant.

Mais j'ai compris qu'elle essayait seulement de s'en persuader et que la peur grandissait en elle.

Nous avons attendu longtemps encore, sans bouger, en écoutant au-dehors la violence du vent. Moi, j'étais bien, là, dans le creux de ses bras, blotti dans la chaleur de sa poitrine qui me rappelait ces lointaines heures où elle avait été mon premier contact avec le monde. J'en arrivais presque à oublier ce qui nous forçait à demeurer éveillés cette nuit-là.

A un moment donné, elle m'a demandé :

– Tu dors, Bastien ?

– Non.

– Tu sais, on ne pourrait pas vivre sans lui.

Je me suis redressé et je lui ai dit calmement :

– Il va revenir, c'est sûr. N'aie pas peur.

– Vite, vite, a-t-elle dit, et elle m'a serré davantage, comme si, à travers moi, c'était son mari qu'elle étreignait.

Nous n'avons plus bougé ni parlé pendant tout le temps qui a suivi. Une heure a passé encore, faite d'attente et de cette peur qui, maintenant, peu à peu, revenait en moi insidieusement. Et puis quelque chose s'est levé dans le vent, là-bas, très loin encore, mais nous l'avons entendu tous les deux. Albine m'a lâché, s'est précipitée à la fenêtre, l'a ouverte, puis refermée, et elle est sortie sur le seuil.

Je l'ai rejointe là, en compagnie de Baptiste qui s'était réveillé. On n'entendait plus que le vent. Nous écoutions, aux aguets, tendus vers le chemin, pour retrouver ce bruit de pas qui nous avait alertés et qui ne pouvait pas nous tromper. Et de nouveau il est monté au-dessus des arbres pour venir jusqu'à nous.

– C'est lui ! a dit Albine, et, sans même passer une veste, elle s'est mise à courir.

Nous l'avons suivie, Baptiste et moi, et nous avons entendu le choc au moment où elle s'est violemment précipitée contre Charles. Quand nous sommes arrivés près d'eux, il nous a aussi serrés contre lui, nous tenant tous les trois et murmurant :

– Allons, allons ! Est-ce que c'est bien raisonnable d'avoir peur comme ça ?

Il était là et le monde redevenait ce qu'il avait toujours été. Je comprenais ce que sa présence représentait réellement pour nous, et combien elle était indispensable à notre bonheur.

Nous sommes rentrés, et Charles s'est calmement installé à table pour raconter ce qui s'était passé : peu avant la nuit, en remontant le long de la rive, il avait été distrait par le vol d'un épervier, et cet instant d'inattention avait été suffisant pour être pris par le courant et ne plus lui échapper. Il avait laissé dériver la barque vers l'aval sans essayer de lutter contre les eaux, jusqu'au moment où il avait cru pouvoir accoster. Il avait alors réussi à franchir le courant en direction de la berge, mais un remous avait fait tournoyer la barque à cinq mètres du bord, le précipitant dans l'eau. Heureusement, il avait rapidement pris pied et avait pu sans trop de difficultés atteindre la rive. A partir de là, il avait marché jusqu'à une ferme dont les propriétaires le connaissaient pour lui avoir acheté des poissons, et où, pour ne pas tomber malade, il avait fait sécher ses vêtements devant le feu. Puis il était reparti le plus vite possible, avait coupé par les bois pour gagner du temps et, au contraire, s'était perdu. Enfin il était là, comprenant à quel point nous avions eu peur et cherchant à rassurer Albine qui tremblait toujours :

– Enfin ! Tu sais bien que je connais la rivière. Quand on est pris de la sorte, il suffit de se laisser porter vers l'aval. Il faudra t'en rappeler, n'est-ce pas ?

Elle faisait « oui » de la tête, mais ses yeux n'avaient pas retrouvé leur éclat ordinaire. Il y avait en eux une telle frayeur que Charles lui-même en paraissait ébranlé. Pour se rapprocher davantage de lui, elle nous a demandé d'aller nous coucher, ce que nous avons fait, Baptiste et moi, un peu déçus de ne pouvoir écouter Charles parler, lui qui parlait si rarement. J'ai eu beaucoup de mal à m'endormir, cette nuit-là, non pas à cause de la peur, mais à cause de la chaleur perdue de cette poitrine, qui, pourtant, continuait de se soulever doucement contre ma joue. J'étais persuadé d'avoir retrouvé par hasard l'une des merveilles de la vie, et que de cet abandon, quoi qu'il advînt désormais, je demeurerais inconsolable.

Le lendemain, Charles n'est pas parti, et nous non plus car c'était un jeudi. Je n'ai jamais oublié les regards qu'Albine portait sur lui à tout instant, comme pour vérifier qu'il était bien vivant. Il lui rendait par moments ces regards et je mesurais ce qu'ils portaient de passion. Je comprenais que j'étais en présence de quelque chose d'immense. J'oubliai la peur de la veille qui, avec la lumière du jour et celle de leurs regards, m'apparaissait maintenant dérisoire. C'était encore l'époque où la menace du malheur ne faisait qu'embellir le bonheur de nos vies.

9

La pêche était pour Charles un métier, mais aussi une véritable passion qu'il nous a transmise naturellement. A l'époque, les eaux étaient d'une clarté superbe et le poisson abondant. Grâce aux filets posés à l'entrée des chenaux nous prenions des perches et des brochets ; avec les cordes : des truites, des anguilles, toutes sortes de poissons de courant et d'eau morte. Nous ne pêchions pas à la ligne car nous avions assez à faire à poser et à relever les cordes et les filets.

Je n'ai jamais oublié cette excitation fiévreuse à l'instant de voir apparaître les prises, le jaillissement hors de l'eau, les éclairs verdâtres ou argentés, les éclats de lumière au ras de la barque, la saisie du poisson qui se débat, le mystère de ces vies sauvages dévoilées dans le jour. C'était comme un charme, une folie dont nous émergions quelques minutes plus tard, un peu ivres, le regard éperdu. Baptiste, surtout, avait la fièvre de la pêche. Il en tremblait dès que nous approchions des cordes ou des filets.

– Allons ! lui disait Charles, calme-toi.

Mais rien ne pouvait faire tomber cette fièvre qui l'embrasait. Voilà pourquoi, sans doute, lui aussi est devenu pêcheur, plus tard, sur des bateaux très grands qui voyageaient trop loin, au milieu des tempêtes.

Nous posions les filets tard le soir et nous les relevions le lendemain au lever du jour. Seulement quand nous n'allions pas à l'école, évidemment. A la tombée de la nuit, la rivière s'endormait au même rythme que les rives alentour, avec des soupirs et des froissements d'air chargés d'ombres violettes. Un profond silence glissait depuis le ciel vers la vallée sur laquelle il s'abandonnait, étouffant même le murmure de l'eau. L'aube, c'était autre chose : un éveil luisant de rosée et d'espérance. Là-bas, dans l'eau rafraîchie par la nuit, les poissons nous attendaient, se débattaient, faisant lourdement remuer les filets.

Je me souviens surtout des premières fois, quand nous n'emmenions pas encore Baptiste avec nous. Je me levais sans bruit, allais dans la cuisine où Charles faisait réchauffer son café. Ses yeux lourds de sommeil se posaient sur moi, mais il ne parlait pas. Il me regardait. Il regardait son fils. Passait dans ses yeux la même lueur que lorsqu'il poussait la porte en revenant de la pêche et qu'il apercevait Albine. Il faudrait faire davantage attention au regard de son père tant qu'il est là, près de soi. Mais qui prend le temps de soupeser cette reconnaissance, ces remerciements muets de seulement exister ? Enfant, on ne sait rien de tout cela, et quand on l'a appris, il est bien tard, car le regard du père est tourné vers la mort et non plus vers la vie.

Je mangeais mes tartines de pain près de lui, puis Albine arrivait. Je les avais tous les deux rien que pour moi. C'était aussi pour cela que je me levais si tôt : pour pouvoir les observer à mon aise, me rassasier de leur présence : elle blonde, plutôt ronde, les yeux d'un vert très clair, légèrement doré ; lui, grand et brun, tout en muscles, avec des rides de part et d'autre de la bouche, les yeux noirs, et une humilité devant elle que je n'ai retrouvée chez aucun homme en présence de sa femme. Non pas une crainte – Charles n'a jamais eu peur de personne – mais une admiration muette qui provenait sans doute de sa nature même : elle avait été la première et sans doute la seule femme qu'il avait approchée, du moins j'aime à le croire.

– Tu viens ? me disait-il, mais je devinais que, comme moi, il aurait aimé que ces instants se prolongent indéfiniment.

Je m'arrachais à ma chaise, le rejoignais sans hâte, et nous partions sur le chemin qui sentait l'herbe humide. Le jour se levait à peine, dans une plage couleur pêche qui s'élargissait au-dessus des falaises. Des odeurs mêlées de sable et d'eau flottaient au ras du sol, tandis que les éperviers tournaient déjà en s'appelant au-dessus des courants.

Six cents mètres séparaient la maison de l'anse protégée où Charles accostait avec sa barque. Elle était là, fidèle et sûre, entre les osiers, remuait lentement à l'extrémité de l'anse verte qui nous servait de port. J'embarquais le premier. Charles défaisait la chaîne, montait à son tour, poussait sur la rame, et le courant nous emportait dans la lumière vierge d'un matin en train de naître.

L'eau se mettait à fumer, le brouillard montait, s'accrochant aux branches des îles. Une éblouissante journée commençait, dont il me semblait que je ne verrais jamais la fin. Il n'y avait plus au monde que mon père et moi, l'aveuglant éclat des premiers rayons du soleil que l'étain de l'eau renvoyait vers les rives, comme pour se protéger de blessures mortelles.

Nous tirions doucement vers nous le filet devenu

lourd. Mon cœur se mettait à battre plus vite. Les bouchons de liège basculaient enfin par-dessus la barque, les poissons s'accumulaient et je pensais à Baptiste qui me dirait au retour :

– Pourquoi ne m'as-tu pas réveillé ?

Je n'avais pas le courage de lui expliquer que ces matins d'été étaient comme les premiers matins de l'univers, que la présence de Charles les rendait impérissables et que j'avais beaucoup de peine à les partager, même avec lui. Je lui répondais simplement qu'il dormait, que j'avais fait du bruit, mais qu'il ne s'était pas réveillé.

– Promets-moi que tu me réveilleras demain ! disait Baptiste d'une voix contrariée.

– J'essaierai.

Plus tard, quand il s'est réveillé seul, et même bien avant moi, j'ai dû partager Charles avec lui. Tout est devenu différent, y compris la couleur du ciel qui pâlissait au-dessus des falaises.

Il y avait une telle folie en Baptiste qu'il occupait tout l'espace. C'était lui qui tirait le filet ou la corde, faisait basculer les poissons dans la barque. Je ne lui en voulais pas. C'était mon frère, et sa passion de la pêche m'émouvait comme elle émouvait Charles. Je ne me sentais plus le droit de partir seul sur la barque avec mon père, de le priver de ce qui le rendait si heureux.

Ni Charles ni moi ne savions, à l'époque, à quel point sa vie allait en être marquée. Mais nous n'aurions jamais osé le priver de ces sorties en barque, les mains couvertes d'écailles, quand l'éclat du soleil se confondait avec celui des poissons émergeant dans la lumière.

10

En fait, j'avais compris très tôt que nous n'étions pas, que nous ne vivions pas comme tout le monde. Je l'avais deviné dès le premier jour où j'avais dû partir à l'école, conduit par ma mère qui, sur le chemin, m'avait paru aussi malheureuse que moi. Je devais avoir six ans, et je n'avais connu que le monde de Charles, d'Albine et de la rivière. Je ne savais rien, ou pas grand-chose, de ce qui existait ailleurs, mais je le redoutais d'instinct. En tout cas, cette montée vers le village, ce matin-là, demeure dans ma mémoire empreinte d'un refus violent et désespéré.

L'arrivée dans la cour de l'école ne m'en a pas guéri, au contraire. Dès que je me suis retrouvé dans la compagnie des autres enfants, j'ai senti que j'étais différent. A part deux ou trois, ils n'étaient pas méchants, mais ils jouaient à des jeux que je n'aimais pas, pour la simple raison qu'ils étaient enclos dans une cour trop petite pour moi, qui étais habitué à beaucoup d'espace. La salle de classe, également, m'oppressait sans que je puisse l'expliquer à personne. J'ai failli sombrer à ce moment-là, sans un mot, sans une plainte. Je ne répondais pas au maître – un homme sévère, au regard d'aigle, qui foudroyait ses élèves du regard et qui, après avoir vainement sévi, en a informé Albine.

– Il refuse de parler, lui a-t-il dit. Je n'ai jamais vu un enfant pareil. Vous êtes certaine qu'il n'est pas malade ?

– Bien sûr que non, s'est-elle indignée. Il ne parle pas beaucoup, mais il sait s'exprimer.

Il n'en a pas paru convaincu, m'a observé un long moment, puis il nous a laissé sortir. Sur le chemin du retour, j'ai compris qu'Albine était inquiète, mais elle ne m'a pas fait de reproches. A notre arrivée, elle s'est enfermée avec Charles dans leur chambre, et nous n'avons rien entendu de leur conversation. Il en est ressorti sans émotion apparente, m'a dit de le suivre et m'a emmené sur la rivière où glissaient les feuilles mortes des arbres. Là, face à la grande île, il m'a demandé :

– Bastien, pourquoi ne parles-tu pas au maître ?

Et, comme je ne répondais pas :

– C'est un homme très savant, qui peut tout entendre.

Comment lui dire que là-haut je respirais un air trop pauvre pour être heureux ? J'avais peur de lui faire de la peine. Il a dû le comprendre car il devinait tout. Il n'a pas insisté, et, au contraire, nous avons traversé pour aller poser des filets entre les îles. Nous avons procédé comme nous le faisions depuis toujours, puis nous sommes rentrés à la nuit tombante.

Un peu avant la maison, Charles m'a de nouveau posé la question, mais d'une voix détachée, comme si ça n'avait aucune importance.

– Il a peur de moi, ai-je répondu sans bien savoir ce que je voulais exprimer là.

– Voyons ! s'est exclamé Charles. Pourquoi un maître d'école aurait-il peur d'un enfant ?

54

– Je ne sais pas.

Nous n'avons plus parlé jusqu'à la maison, et même le repas a été silencieux. La nuit venue, alors que j'étais couché dans la chambre que je partageais avec Baptiste, j'ai entendu mon père et ma mère qui discutaient dans leur propre chambre avec un ton, une voix que je ne leur connaissais pas. Je me suis approché et il m'a semblé qu'ils se disputaient à mon sujet, puisque à plusieurs reprises est revenu le même mot : Bastien. Alors, le lendemain, j'ai répondu aux questions du maître qui, aussitôt, m'a semblé rassuré.

Avec les enfants, c'était un peu pareil. Après plusieurs tentatives de rapprochement, j'avais découvert à leur contact quelque chose que je ne connaissais pas : le mépris de l'autre. Moi, je ne l'avais jamais rencontré. Avec Charles et Albine, nous vivions dans un respect mutuel et confiant. Cette découverte m'avait instinctivement replié sur moi-même, malgré les efforts que je consentais pour que Charles et Albine ne se disputent pas. Je n'avais pas oublié leurs voix, ce soir-là, et ce souvenir me faisait souffrir bien plus que la cohabitation avec les autres enfants.

Deux ans plus tard, quand Baptiste m'a rejoint, je me suis senti moins seul et j'ai réussi à faire les pas nécessaires pour me rapprocher vraiment des autres. Il n'y avait que le maître qui ne s'habituait pas à moi. C'était pourtant un homme plein d'expérience et d'intelligence, mais justement : il savait que mes réponses jetteraient le trouble dans la classe, surtout lors des commentaires des lectures du lundi après-midi. A cette occasion-là, ma sensibilité et ma vision particulière des choses le décontenançaient autant que mes camarades.

Je me souviens précisément d'un texte dans lequel

l'auteur racontait comment, un soir après l'école, un enfant apprenait de la bouche de sa mère que son père venait de perdre son travail. Les commentaires de mes voisins de table étaient tous les mêmes : c'était bien triste d'apprendre une telle nouvelle.

Le maître avait l'habitude de nous interroger selon nos places sur les bancs, en remontant vers le fond de la classe. Quand il est arrivé à moi, j'ai deviné qu'il hésitait, mais il ne pouvait pas faire autrement que me poser la même question :

– Et toi, Bastien, qu'en penses-tu ?

– Moi, je pense que cet enfant a eu de la chance.

– Et pourquoi donc ?

– Parce que son père est resté près de lui.

Un grand silence est tombé sur la classe, avec, comme d'habitude, quelques rires, vite étouffés.

– Comment gagner de l'argent quand on ne travaille pas ? m'a demandé le maître après avoir beaucoup hésité. On a besoin d'argent pour vivre.

– Oui, mais plus tard, nos parents meurent et on regrette de n'avoir pas été plus proches d'eux.

– Et comment tu sais ça, toi ? a poursuivi le maître d'une drôle de voix.

– Je sais que tout le monde doit mourir un jour. C'est comme ça. Même mes parents, même vous, même moi.

Le maître a toussoté, puis, comme si de rien n'était, a continué d'interroger ceux de la rangée où je me trouvais. Au moment de la récréation, pourtant, il m'a demandé de rester dans la classe, alors que les autres sortaient. Il s'est approché de moi, et m'a dit doucement, de cette voix qu'il prenait parfois et qui ressemblait à celle de Charles :

– Il ne faut pas parler comme ça, Bastien.

– Pourquoi ?

– Parce que ça risque de faire peur à tes camarades.

J'ai relevé la tête et je lui ai dit :

– J'ai bien peur, moi.

Il n'a pas su quoi me répondre, mais, à partir de cet après-midi-là, il est devenu encore plus méfiant vis-à-vis de moi. D'autant qu'un jour, j'ignore pourquoi, il sortit de la classe en compagnie d'un homme du village, en fermant la porte à clef derrière eux. D'un élan fou, je me suis précipité et j'ai cassé les carreaux à coups de poing. Quand ils ont rouvert, quelques secondes plus tard, j'avais les poignets en sang. Alertés, Charles et Albine, une nouvelle fois, ne m'ont fait aucun reproche. Avait-on idée d'enfermer ainsi des enfants, même pour quelques instants ? Le maître s'est senti coupable, je l'ai compris, et il ne m'a jamais reparlé de l'incident.

A la réflexion, je crois qu'il n'a pas été fâché que je quitte l'école après le certificat d'études. Sa conscience professionnelle, cependant, lui avait suggéré de confier à Albine qu'à son avis, je pouvais réussir dans les études. Ma place de premier du canton au certificat d'études l'a démontré d'ailleurs aisément. Cette question a été quelques jours débattue entre Charles et Albine qui ont tenté de me convaincre, mais je n'ai pas cédé : je voulais vivre sur la rivière, aider mon père, ne jamais quitter la vallée où était enfermé tout ce dont j'avais besoin pour être heureux.

11

J'ai vraiment découvert Baptiste à l'occasion de nos allers et retours à l'école. Six kilomètres le matin, six le soir nous prenaient une heure, un peu plus l'hiver, quand la nuit tombait tôt et que nous avions besoin d'une lampe pour nous éclairer. J'avais souffert de solitude et d'incompréhension les deux premières années, mais dès que Baptiste est venu avec moi, je me suis senti plus fort dans la cour de l'école où nous faisions figure d'originaux. Car nous ne savions pratiquer ni la malice ni les arrière-pensées. Ainsi, je ne comprenais pas que les coupables d'une mauvaise action ne se dénoncent pas lorsque le maître en exprimait la demande devant la classe réunie. Au cours de la récréation qui suivait, j'allais voir les coupables, non pas pour me battre avec eux – ce que j'aurais très bien pu faire, car je n'ai jamais eu peur – mais pour leur démontrer en toute innocence qu'ils causaient du tort à l'ensemble des élèves.

Je n'essuyais souvent que des ricanements qui me laissaient perplexe. Est-ce que la vie, ailleurs, était si différente de chez nous ? J'imaginais Charles et Albine devant tant de mauvaise foi et j'étais malheureux pour eux, qui ignoraient combien les règles qu'ils avaient édictées étaient bafouées en dehors de notre domaine.

J'en souffrais, essayais de convaincre uniquement par la persuasion, mais en pure perte.

Avec l'arrivée de Baptiste, les choses ont changé rapidement. Lui, il campait sur les certitudes de Charles et d'Albine et il n'hésitait pas à les défendre à coups de poing. Souvent, passé les dernières maisons du village, sur la route qui commençait à s'incliner vers la grande combe, nous étions attendus par tous ceux que notre singularité agaçait. Ils étaient menés par le grand Faye, le garçon le plus âgé de l'école, le plus robuste aussi, et qui n'aimait ni notre indépendance ni notre différence. Ces combats au côté de Baptiste nous unissaient davantage mais désespéraient Albine.

– Qu'est-ce qui est arrivé encore ? demandait-elle.

– C'est les autres, répondait calmement Baptiste qui, par ces quelques mots sans véritable signification, la décourageait.

Elle soupirait, en parlait à Charles mais il n'intervenait pas. Il savait, je crois, qu'il y avait un prix à payer pour vivre comme nous vivions et il l'avait accepté définitivement. Nous autres, ses enfants, devions agir de même. C'est ce que nous faisions d'ailleurs, et sans nous plaindre, même si nous cherchions à comprendre ce qui nous différenciait tellement des autres.

Nous le ressentions déjà en parcourant la distance qui séparait notre maison du village, sur ce chemin entre les champs et les bois qui semblait ne mener nulle part. Là, nous n'avions pas peur : nous étions déjà chez nous. Les saisons, en allumant sur les arbres des couleurs changeantes, contribuaient aussi à augmenter ou diminuer l'espoir en nous : je veux dire avait couru derrière nous, et que nous avions eu beaucoup de mal à lui échapper. Devant leur silence, elle a ajouté qu'il portait une veste rouge et de grandes bottes noires, qu'elle l'avait vu s'approcher du village et entrer dans une maison, à côté de l'église. Ses longues oreilles tombaient jusqu'à ses reins, et ses yeux, d'un noir brillant, jetaient des étincelles d'or.

A partir de ce soir-là, nous n'avons plus marché seuls sur le chemin de la rivière. Derrière Paule, il y avait toujours cinq ou six garçons silencieux pour tenter d'apercevoir les êtres étranges dont ils n'avaient jamais soupçonné l'existence et qui, pourtant, aujourd'hui, étaient entrés dans leur vie.

12

Je n'ai jamais laissé passer un hiver sans être malade ou sans feindre de l'être. Tout m'était bon pour échapper à l'école. J'avais appris à saisir la moindre occasion, à la provoquer même, si j'en ressentais le besoin. Je suis à peu près sûr qu'Albine espérait ces moments, car elle aimait nous soigner, nous, ses enfants, et elle n'était heureuse que lorsqu'elle nous savait près d'elle. Cependant, elle était loin d'imaginer ce dont j'étais capable pour ne pas m'éloigner du seul lieu où je pouvais être heureux.

J'avais trouvé un moyen aussi sûr que dangereux pour prendre froid, tousser, être victime d'angines ou de bronchites. Une fois, même, j'y ai gagné une pneumonie. Dès que l'eau était froide, quand j'avais décidé de ne plus quitter la maison – et surtout au cours des deux premières années où j'allais seul à l'école sans le secours de Baptiste –, je me déshabillais et me laissais glisser dans la rivière. J'y restais quelques secondes, parfois une minute, selon que j'avais besoin de deux ou de huit jours de répit, me forçant à penser à l'abri de la chambre que je partageais avec mon frère. Le soir même, je commençais à grelotter et à sentir la fièvre embraser mon corps. D'un geste familier, Albine posait sa main sur mon front, puis elle soupirait et murmurait :

– Tu as encore pris froid. Va te coucher, je vais te préparer un cataplasme.

J'avais gagné. Je montais dans mon refuge, m'enfouissais sous l'édredon de plume rouge, savourais à l'avance les journées qui m'attendaient dans une quiétude heureuse. Aucune des recettes appliquées par Albine pour me soigner ne me faisait regretter mes plongées dans l'eau glacée qui, pourtant, pouvaient se révéler dangereuses. Pas même les picotements des cataplasmes de moutarde qui démangeaient ma poitrine, ni les ventouses appliquées sur mon dos, ni les tisanes, ni les sirops, ni les assiettes de tapioca auxquelles Albine prêtait je ne sais quel pouvoir de guérison.

J'étais seul, là-haut, dans mon lit, une brique chaude de chaque côté de mon corps, à écouter les bruits familiers de la maison, à respirer l'odeur de bois qui montait du poêle situé en bas de l'escalier. Je ne m'étais jamais senti aussi protégé, aussi heureux, malgré la fièvre. Dehors, la vie avait suspendu son cours. A l'intérieur, l'air me semblait plus épais, comme le temps, les heures qui ne passaient plus mais, au contraire, me paraissaient irrémédiablement figées, inaptes à s'enfuir comme elles le faisaient d'habitude. J'entendais Albine parler à Baptiste ou à Paule, je sentais l'odeur de la cuisine, et même mes sensations prenaient une intensité différente des jours ordinaires. Les médicaments les modifiaient au point de modifier également la perception que j'avais du monde dans lequel je me blottissais.

Albine venait souvent, appliquait chaque fois sa main sur mon front, fronçait les sourcils ou souriait selon que la température baissait ou montait. Elle avait des gestes calmes, caressants. Plus tard, devenu adolescent, je m'en suis voulu de la peine que je lui faisais et de l'inquiétude qu'elle en concevait. Car elle avait fini par croire que j'étais fragile et s'inquiétait beaucoup pour moi. En réalité, j'étais d'une constitution très robuste car n'importe quel autre enfant n'aurait pas résisté à de si fréquentes immersions en eau glacée. A l'époque, pourtant, je n'en concevais aucun remords. Je considérais que mes parents étaient coupables de m'éloigner de la rivière, sachant très bien que j'en souffrais.

Charles, aussi, montait souvent. Je reconnaissais son pas dans le couloir, puis, au bas de l'escalier, sur la première marche qui craquait. Je fermais les yeux pour mieux savourer son approche, son hésitation à l'entrée, et enfin son soupir quand il s'asseyait sur le lit de Baptiste, à côté du mien. Je rouvrais les yeux. Il était là, immense, merveilleusement fort, sans la moindre inquiétude apparente, au contraire secrètement heureux de me savoir au chaud dans sa maison et non dans le froid du dehors. Il m'observait longuement, réfléchissait, mais ne parlait pas. Je n'ai jamais pu oublier ce regard-là, même lorsque je suis parti de l'autre côté de l'océan. J'y lisais quelque chose que je définissais mal mais que je savais, d'instinct, capable de me guérir de tout.

Ce regard, je l'ai revu souvent dans ma vie, parfois en rêve, parfois en pleine journée, en fermant seulement les yeux, et chaque fois je me suis délicieusement retrouvé dans ma chambre d'enfant. Je me dis souvent que c'est peut-être vers un refuge semblable que je me dirige, et que ma dernière demeure aura le parfum des cataplasmes de moutarde et du tapioca. En réalité, je sais bien que, dans ces parages-là, j'ai senti passer sur mon front le souffle de ce qui peut être la paix éternelle.

Quand la fièvre ne tombait pas, Charles allait chercher le médecin du village. C'était un vieux monsieur au visage de buis, aux cheveux blancs, aux traits creusés par le manque de sommeil dû aux visites nocturnes, qui tutoyait mes parents et parlait d'une voix claire, haut perchée, souvent gaie.

– Encore toi ! s'exclamait-il en entrant dans ma chambre. Ma parole, tu vis les pieds dans l'eau !

Je baissais les yeux pour ne pas me trahir, car j'avais l'impression que tout le monde était au courant de mes bains coupables. J'ignorais que le vieil homme s'inquiétait vraiment de mes bronchites chroniques, et qu'il suspectait même la tuberculose. Mais il n'en laissait rien paraître auprès de moi. Il se montrait toujours aussi gai, feignant de considérer la maladie comme une farce. C'était là sa manière de soigner le plus efficacement possible, en une époque où l'on ne prescrivait pas encore d'antibiotiques.

Plus tard, quand Baptiste est venu avec moi à l'école et que je m'y suis senti moins seul, j'ai renoncé à mes bains dangereux, car j'avais compris que je mettais ma santé en péril. Mais je retrouvais cette merveilleuse vacance du corps et de l'esprit tous les jeudis, restant volontairement au lit jusque tard dans la matinée, persuadé qu'il y avait là, dans l'odeur du poêle qui montait par l'escalier, une manne sacrée. Ainsi, ces matinées de janvier ou de février, par grand gel ou temps de neige, ont longtemps gardé vivants en moi les parfums de sirop ou de moutarde des jours volés à l'école traîtresse.

Il a fallu bien des années pour que Baptiste, un soir,

alors que nous allions nous séparer sur un quai de Bordeaux, me dise, avec cette voix calme et naturelle qu'il prenait pour énoncer les choses les plus graves :

– Et si nous sautions dans l'eau froide ? Peut-être que tout s'arrêterait ?

Nous nous trouvions au bord du quai, au-dessus de l'eau grise, déchirés à l'idée de nous quitter sans savoir si nous nous reverrions. Je devinais qu'il lui en coûtait de partir, qu'il cherchait, comme je l'avais fait jadis, le moyen de lutter contre la réalité de la vie. Je l'ai observé un instant, le cœur battant, et j'ai compris ce soir-là qu'il savait. Je lui ai demandé qui d'autre était au courant et il m'a répondu avec un pauvre sourire :

– Tout le monde, à la fin.

– Charles et Albine aussi ?

– Ils t'avaient vu, un jour d'hiver, entrer dans l'eau, mais ni l'un ni l'autre n'ont osé t'en parler. Je crois qu'ils avaient un peu peur de toi. Ils savaient que tu étais capable de bien pire encore.

– C'est vrai, ai-je dit, j'étais capable de mourir.

Nous nous sommes embrassés et Baptiste s'est éloigné lentement, en se retournant plusieurs fois. Il a disparu derrière de hauts immeubles gris, après un dernier geste du bras. J'ai regardé l'eau à mes pieds, mais je n'ai pas eu envie de m'y jeter : je me sentais apaisé, envahi d'une chaleur réconfortante. Je venais de comprendre pourquoi les regards de mon père me faisaient tellement de bien, dans ma chambre lointaine : ils incluaient l'amour, la crainte, mais aussi le pardon.

13

Un jour, il y a eu la guerre. J'avais neuf ans, ce mois de septembre-là, quand Charles et Albine nous l'ont annoncé un soir avec précaution, sans parvenir à totalement dissimuler leur angoisse. Un peu inquiet, j'ai demandé ce que cela signifiait, ce qui allait se passer.

– Je vais devoir partir, a dit Charles.

– Pour longtemps ?

– Non, je ne pense pas.

J'ai été rassuré, car il ne mentait jamais. Effectivement, il est parti un matin, un sac de toile sur l'épaule, après nous avoir demandé, à Baptiste et à moi, de bien veiller sur Albine. Ce que j'ai fait, en refusant d'aller à l'école cet automne-là. D'ailleurs le maître était parti lui aussi. Je me suis mis à observer ma mère, à la suivre partout, à la rassurer, quand elle s'interrogeait à voix haute, à la tombée de la nuit, sur le sort de son époux. De guerre, il n'y en avait pas. Rien ne se passait, ce qui n'était pas pour m'étonner, car tout ce qui était censé se produire ailleurs, pour moi, n'existait pas.

Il y eut un hiver merveilleux, très froid, avec de la neige et de la glace. La petite route qui menait au village étant impraticable, nous étions complètement isolés, en bas, dans l'anse de la rivière. Bien serrés autour de la cheminée, nous pensions à Charles, qui avait peut-être froid, lui, dans la Haute-Marne. Il devait surtout souffrir de l'éloignement, comme Albine qui ne souriait plus. Pour le rendre plus présent, je ne cessais pas de lui poser des questions au sujet de son mari : comment était-il à vingt ans, comment s'étaient-ils rencontrés, est-ce qu'elle pensait à lui continuellement, est-ce qu'elle lui parlait ?

– Je lui parle en pensée, me répondait-elle.

– Est-ce qu'il te répond ?

– Au début oui, il me répondait, mais aujourd'hui je l'entends de moins en moins.

J'ai fait part de cette réponse à Baptiste et à Paule, en leur demandant de l'aider à ne pas l'oublier.

– Elle ne l'oubliera pas, a répondu Paule en haussant les épaules.

– Et s'il ne revenait pas ?

– Il reviendra, a dit Baptiste, il est fort.

Cette certitude exprimée avec conviction par mon frère m'a convaincu. C'était vrai que Charles était fort, courageux, adroit, et qu'il était capable de se battre contre n'importe quel ennemi. Nous n'avions pas à nous inquiéter, il suffisait d'attendre.

La journée, nous nous occupions surtout du bois, car Charles n'avait pas eu le temps de le rentrer avant de partir. Avec Baptiste, nous posions aussi des nasses et des cordes dans les anses à l'abri du courant, et nous prenions des perches et des brochets. Mais ce n'était pas suffisant pour vivre. Un jour par semaine, malgré le froid, nous partions tous ensemble vers le village, à travers les champs et les bois pétrifiés par le gel. Il nous fallait plus de deux heures pour arriver sur le plateau où soufflait un vent du nord si froid que nous en avions le nez et les oreilles glacés. Albine passait à la poste voir s'il n'y avait pas une lettre de Charles, faisait des courses, et visitait sa patronne couturière qui ne lui donnait plus de travail, ou très peu. Cette femme, qui allait sur la soixantaine et portait de fines lunettes aux verres ovales, nous offrait un bol de chocolat pour nous réchauffer, et, à Albine, du café. Elles parlaient brièvement de la guerre qui s'était endormie – ce qui ne m'étonnait pas –, puis nous redescendions très tôt pour ne pas être surpris par la nuit.

A mi-pente, nous apercevions le fil d'acier de la rivière qui jetait des éclats de vitre entre les fûts des arbres nus, gaufrés de gel. En face, au-dessus de la falaise, le ciel resplendissait et je regrettais encore plus de savoir Charles loin de ce spectacle magnifique qu'il aurait tant aimé. Je m'inquiétais aussi du manque de liberté qui devait être le sien. C'est ce que prétendait Albine quand nous cherchions à imaginer comment il vivait loin de nous. Parfois je lui demandais :

– Est-ce que tu crois que nous lui manquons ?

– Bien sûr que nous lui manquons.

– Et nous, ses enfants, plus que toi ?

– Autant que moi.

Vers la fin février, un soir, la porte s'ouvrit : c'était Charles, couvert de givre, amaigri, mais tel qu'en lui-même, placide, avec les mêmes bras, les mêmes mains, pour nous serrer contre lui. Ce soir-là nous avons veillé très tard, tous ensemble, mais c'était nous qui parlions, plutôt que lui, qui nous avait brièvement expliqué, dès son arrivée, qu'il était consigné dans sa caserne et ne faisait rien, sinon attendre en jouant aux cartes.

Le lendemain, malgré le froid, nous sommes partis vers la rivière et Charles a voulu sortir la barque, pour aller sur l'eau. Il a accepté de nous emmener, Baptiste et moi, dans la lumière vive, sur des eaux glaciales dans lesquelles il n'aurait pas fait bon tomber. Je ne sais pas si c'est le froid ou l'émotion qui ont pétrifié deux larmes au coin de ses yeux, mais il n'a pas prononcé un mot, ce matin-là, et je me suis bien gardé de raconter à Albine ce qui s'était passé. Ce qui m'a le plus frappé, c'est qu'il semblait, également, différent avec elle, et j'ai eu peur que l'éloignement l'ait vraiment changé. Pourtant, au cours des trois jours durant lesquels il est resté près de nous, il est redevenu, au fil des heures, le Charles d'avant, souvent silencieux, certes, mais avec la même lueur dans ses yeux noirs, où je lisais, de nouveau, sa confiance en nous et dans le monde.

Et puis il est reparti par la route du village, au début d'un après-midi toujours aussi lumineux, accompagné par Albine. J'ai d'abord demandé à les suivre puis j'ai compris qu'ils avaient envie d'être seuls. Avant de quitter la maison, il s'est accroupi devant moi, m'a pris par les épaules et m'a dit :

– Bastien, tu es l'aîné, je te confie ta mère, ton frère et ta sœur. Je sais que je peux compter sur toi.

Nous nous sommes retrouvés seuls, et ce temps de fer et de froid s'est prolongé jusqu'au mois d'avril. Avec le printemps, cependant, la guerre est devenue plus menaçante, surtout à partir du mois de mai. Nous avons eu peur quand les Allemands sont entrés en France, et que les journaux rapportés par Albine du village ont rendu compte des combats dans le Nord. Mais nous n'avons pas eu peur longtemps. Très vite, tout s'est arrêté. Un soir de juin, la porte s'est de nouveau ouverte : c'était Charles, fourbu, affamé, qui, aussitôt assis, nous a raconté ce qui s'était passé et nous a avoué n'avoir pas tiré un seul coup de fusil. Il était très fatigué, parce qu'il avait marché longtemps, longtemps, sur les routes surpeuplées de l'exode, où toute la population du nord de la France avait été jetée par la défaite.

Dès le lendemain matin il est parti sur la rivière et il n'a jamais reparlé de cet épisode de sa vie. Alors tout a recommencé comme avant. Nous n'avons pas vu un seul uniforme de toute la guerre, pas même au moment de la Libération. Charles n'a pas eu besoin de se cacher. Nous étions trop loin de tout, bien à l'abri, protégés par les îles et la rivière qui creusaient un fossé infranchissable entre le monde et nous.

14

L'absence prolongée de Charles m'avait fait découvrir une Albine que je ne connaissais pas. Elle s'était peu à peu confiée à moi, sans doute pour compenser ce qu'elle ne pouvait lui dire. J'ai deviné ainsi qu'elle devait beaucoup lui parler quand ils étaient ensemble. Parmi mes découvertes, l'une d'entre elles m'a beaucoup inquiété. J'ai compris qu'elle rêvait de voyages. Elle rapportait du village des livres et des photographies que lui prêtait la couturière qui avait vécu en Indochine dans sa jeunesse. On y voyait des sampans, des pagodes, des rizières, des maisons coloniales et le peuple de la rue. Elle pouvait rester des heures à les regarder, à s'isoler, sans nous accorder la moindre attention alors que nous nous trouvions dans la même pièce. J'attendais que Baptiste et Paule s'éloignent pour lui demander :

– Tu n'es pas heureuse, ici ?

– Voyons, Bastien, qu'est-ce que tu dis là ?

– Je vois bien que tu rêves de ce pays.

J'ajoutais, d'un ton de reproche :

– Tu sais pourtant qu'il ne pourrait pas vivre loin d'ici.

– Bien sûr que je le sais, me répondait-elle, mais ça n'empêche pas.

Je m'indignais :

– Tu rêves contre lui.

Elle rangeait les magazines et les photographies, répondait :

– Peut-être que si on partageait tout, on s'aimerait moins.

Et, comme à cette phrase je serrais les poings, elle ajoutait :

– Tu vois, Bastien, c'est peut-être ses silences que j'aime le plus. C'est grâce à toi que je viens de le comprendre.

C'est vrai que les silences de Charles le rendaient mystérieux. De même que sa manière de vivre, de rire, de se déplacer, d'observer les êtres vivants. Je crois qu'il savait d'instinct que nous sommes peu de chose à l'échelle des siècles, et que c'est le monde qui compte, non les hommes qui n'en sont que des occupants provisoires. Voilà pourquoi, sans doute, n'avait-il jamais de colères. Ce que j'ai le plus regretté, c'est de n'avoir pas été capable de le faire parler à ce moment-là, mais seulement quand je suis revenu vers lui, trop tard, car il était déjà très malade.

Albine, elle, me paraissait moins secrète, et dissimulait mal ses émotions. Un jour, pendant l'absence de Charles, elle est revenue de chez la couturière sans pouvoir cacher ses larmes et m'a dit, dans sa chambre où elle était allée se réfugier :

– Il y a un homme du village qui me suit quand je redescends.

– Quel homme ?

– Un réfugié qui se cache. Il ne faut pas me laisser seule, Bastien. Il faut venir avec moi.

Ce que j'ai fait, sans hésiter, la semaine suivante. Et

j'ai vu cet homme, quand nous avons repris le chemin en direction de la rivière. Il attendait, assis sur le talus. Il s'est levé quand nous sommes arrivés à sa hauteur, nous a salués. Il était jeune : un peu plus de vingt ans, et il était beau, avec des cheveux très noirs et des yeux d'un bleu très sombre. J'en ai été surpris, mais rassuré en même temps, car d'évidence il ne représentait pas une menace pour Albine. Il nous a suivis pendant quelques centaines de mètres, nous a dit des mots aimables, puis il s'est adressé à ma mère, murmurant que la semaine lui avait paru longue sans elle. Albine n'a pas répondu. Elle a pressé le pas, et il s'est arrêté. Je lui ai dit :

– Tu vois, tu n'as pas à avoir peur. Il n'est pas méchant.

Elle tremblait cependant, et j'ai compris alors que c'était d'elle-même, surtout, que je devais la protéger. De ce jour-là, elle m'est apparue comme une étrangère et je lui en ai beaucoup voulu. Il m'a semblé que je ne l'avais jamais connue, qu'elle était une autre, et que peut-être Charles non plus ne la connaissait pas très bien. Je me suis mis à la guetter, à surveiller ses moindres gestes, et me suis rendu compte à quel point, à trente ans passés, elle était belle. Sur ses épaules rondes, sa peau dorée rehaussait la blondeur de ses cheveux mi-longs, et ses yeux gris-vert trahissaient une fragilité que les hommes devaient deviner. Mais, pour moi, elle avait toujours été et serait toujours la femme de Charles.

Je me suis mis à lui parler durement. Je la harcelais en la voyant rêveuse :

– Si tu ne t'étais pas mariée avec lui, tu serais malheureuse.

Elle me répondait d'un air accablé :

– Je le sais, Bastien.

– Où crois-tu donc que tu serais plus heureuse qu'ici ?

– Nulle part, bien sûr.

– Alors rapporte ces magazines et ces photographies à la couturière ! Ça te fait du mal.

Elle m'a écouté, les a rendus la semaine suivante. L'homme aux yeux bleus, lui, avait disparu, sans doute parce qu'il avait compris qu'elle ne monterait plus seule au village. Je m'en suis voulu quand je l'ai vue triste devant la table de la cuisine, ce soir-là, avec son tablier qu'elle attachait à la taille et autour de son cou, en faisant cuire une omelette. Le soir, il m'a semblé l'entendre pleurer dans sa chambre. Aussi lui ai-je dit le lendemain matin, alors que nous prenions seuls notre petit déjeuner dans la cuisine, ni Baptiste ni Paule n'étant encore levés :

– Tu pourras reprendre les magazines, va.

Elle n'a pas répondu tout de suite. Elle a soupiré plusieurs fois, puis elle a murmuré :

– Le monde est si grand...

Et elle a ajouté :

– Il ne faut pas m'en vouloir, Bastien. On peut aimer en rêvant d'autre chose. La preuve : je n'ai jamais autant rêvé que depuis que je connais ton père.

Elle a quand même attendu que Charles soit rentré pour reprendre les magazines et les photographies, comme si elle se sentait coupable de les avoir regardés hors de sa présence. Ensuite, tout est rentré dans l'ordre et la vie a repris son cours. Un soir, j'ai demandé à Charles si ça ne le dérangeait pas qu'Albine s'intéresse à ces photos d'un pays étranger.

– Moi aussi, je voyage, m'a-t-il dit, mais c'est sur la rivière. Elle, elle n'a rien. Alors forcément, il lui faut quelque chose.

Cette réponse m'a blessé. J'avais toujours pensé que lorsqu'on s'aimait comme ils s'aimaient, on n'avait besoin de rien d'autre. J'ai fait part de mes réflexions à Baptiste, qui m'a répondu, catégorique :

– Il n'y a vraiment pas de quoi s'inquiéter. C'est seulement lui qu'elle cherche.

Et il a ajouté, avec un sourire :

– Il est partout.

Ces quelques mots ont suffi à apaiser les craintes que l'absence de Charles avait un moment soulevées.

15

Je dois avouer qu'un jour, Baptiste et moi, nous avons failli nous noyer. Je ne sais pourquoi, Paule ne se trouvait pas avec nous cet après-midi-là. Sans doute Albine l'avait-elle retenue pour des travaux de couture. C'était en septembre, juste avant la rentrée, à la saison où le vent fait chuter les premières feuilles des arbres et achève de disperser les dernières chaleurs de l'été. Baptiste, incapable d'imaginer que l'école nous guettait, avait consacré trois jours entiers à construire un radeau qu'il prétendait indestructible.

– Tu verras, m'a-t-il dit : avec celui-là, on pourra passer sous la falaise.

Charles nous recommandait souvent de ne pas emprunter le violent courant qui butait contre les rochers dans des tourbillons et des remous très dangereux. Mais cette fois-là, Baptiste tenait à me prouver la robustesse de son radeau, et comment l'eût-il mieux fait qu'en prenant ce risque ?

– Si tu as peur, a-t-il ajouté, je passerai tout seul et tu regarderas de la rive d'en face.

Il n'était pas question pour moi de le laisser affronter le danger sans me tenir à ses côtés. Je me souviens qu'autour de nous, tandis que nous embarquions sur le radeau fragile, il s'était établi comme un grand silence.

L'eau était encore tiède de la chaleur que lui communique la terre pendant les mois d'été. Les arbres avaient jauni. J'avais l'impression désagréable de me trouver dans un monde finissant, et j'étais désespéré, déjà, de devoir bientôt abandonner la rivière pour l'école.

Au moment de lancer le radeau, Baptiste a eu une dernière hésitation et m'a dit :

– Si tu veux, on n'y va pas.

– Pourquoi on n'irait pas ? Tu n'es pas sûr de ton bateau ?

– Si, bien sûr.

– Alors ?

Je crois que cet après-midi-là, en pensant à ce qui m'attendait les jours prochains, j'aurais été capable d'affronter n'importe quel danger pour ne pas avoir à les vivre.

– Tu sais, a dit Baptiste en appuyant sur sa rame, mon radeau, il n'est pas indestructible, mais il est insubmersible.

J'avais souvent remarqué qu'il accordait des pouvoirs, de la force, à des mots. Il lui arrivait de rester de longs moments devant un dictionnaire pour en découvrir de nouveaux. Il pouvait en savourer un pendant des jours, parfois des semaines. C'était étrange, pour moi, cette manière qu'il avait de faire confiance à ce que de simples mots évoquaient. Je devais apprendre, plus tard, qu'un autre : « banquise », l'avait ensorcelé. En attendant, ce jour-là, « insubmersible » l'avait envoûté et il était prêt à tout pour se l'approprier.

Nous sommes donc partis sur le radeau qui devait mesurer à peine deux mètres sur trois et dont les planches flottaient sur des bidons d'inégale épaisseur. Tout s'est bien passé pendant les quelques minutes où nous avons longé la grande île, puis dans le calme qui pro-longeait sa pointe ouest. Le courant augmentait un peu plus loin, à la confluence du lit principal et de celui qui faisait le tour de l'île.

Le premier remous nous a bousculés un peu, puis le second nous a projetés au cœur des eaux écumantes. Les rames que nous avait fabriquées Charles sont deve-nues alors totalement impuissantes. Pourtant nous tentions de toutes nos forces de nous tenir à distance de la falaise, mais la force de l'eau nous en rapprochait irrésistiblement. Nous allions savoir si le radeau de Baptiste possédait bien les qualités qu'il lui prêtait.

Le premier choc a été terrible et l'a disloqué en partie ; le deuxième, dix mètres plus loin, l'a fracassé. Sans même avoir eu le temps de sauter, nous avons été renversés et roulés aussitôt par un tourbillon vers les profondeurs. En bas, la falaise avait été creusée par la rivière en une grotte concave où l'eau était d'un vert translucide. Il régnait dans la cavité une sorte de calme envoûtant, et il m'a fallu au moins dix secondes pour comprendre que je devais réagir, et vite. J'ai tenté de me frayer un passage dans le courant à l'aplomb du rocher, mais sa violence m'a renvoyé rudement dans la nasse. Il y avait un grand bourdonnement dans mes oreilles. Je ne voyais pas Baptiste. Je ne savais pas où il se trouvait.

J'ai pris appui des jambes contre le fond de la grotte et je me suis projeté vers le courant qui, une nouvelle fois, m'a renvoyé violemment vers l'intérieur où le calme était toujours aussi ensorcelant. Je sentais mes yeux se troubler, mes forces me quitter. Une sorte de consentement me gagnait, dans cette eau tiède qui réveillait sans doute en moi des échos enfouis, peut-être issus de nos origines. Une paix étrange envahissait mon esprit de plus en plus embrumé. J'ai fermé les yeux en songeant vaguement qu'il y avait là une consolation à tout, mais pas un instant je n'ai pensé à Charles ni à Albine, au prochain retour à l'école.

C'est alors qu'une main s'est posée sur mon bras : celle de Baptiste, mystérieusement réapparu. Je crois me souvenir que, constatant mon inertie, il m'a frappé. Puis il m'a obligé à me déplacer vers l'extrémité de la caverne et à prendre appui contre le bord extérieur, à ras du courant. Grâce à nos poids réunis, nous avons franchi le mur et nous avons pu remonter à l'air libre pour en avaler une grande goulée salvatrice. J'étais tellement épuisé qu'il a dû m'aider à flotter jusqu'à ce que le courant nous abandonne sur une plage de galets, deux cents mètres plus loin.

Nous sommes restés un long moment allongés côte à côte pour reprendre des forces. Nous ne parlions pas. Nous savions que nous avions frôlé la mort et nous écoutions battre nos cœurs. Baptiste, je le devinais, se sentait coupable.

– Je ne te voyais pas, ai-je dit, à la fin, comme pour m'excuser de ma faiblesse.

Il m'a répondu faiblement :

– Je n'étais pas là.

J'ai alors compris qu'il avait échappé au piège, et que, ne me voyant pas apparaître, il avait replongé malgré le danger, pour me sauver. Il était plus jeune que moi, avait moins de force, mais il avait joué sa vie pour son frère.

– Tout est de ma faute, a-t-il dit, je n'aurais pas dû t'entraîner dans cette folie.

Et il a ajouté, plus bas :

– Il vaudrait mieux que Charles ne l'apprenne pas.

– Il vaudrait mieux, en effet.

– Regarde là-bas.

A trente mètres de nous, il y avait nos rames, échouées elles aussi – les rames fabriquées par Charles, qui nous avait accordé sa confiance.

La peur éprouvée depuis que nous étions sortis du piège ne s'estompait pas, et il me semblait que Baptiste tremblait.

– Tu n'aurais pas dû, ai-je dit.

– Tu sais, Bastien, je n'ai même pas réfléchi. J'ai seulement pensé à Charles et à Albine.

– Tu aurais dû penser à toi.

Alors il m'a répondu d'une voix égale :

– Tu sais, toi ou moi, c'est pareil.

Nous n'avons plus rien dit ce soir-là. Nous sommes repartis lentement vers la grande île pour reprendre des forces avant de nous montrer à nos parents. En fait, nous ne sommes rentrés qu'à la nuit, protégés par une ombre complice. Ensuite, nous n'avons plus parlé de cet après-midi-là. Car nous savions l'un et l'autre que, pour la première fois, nous avions trahi Charles et nous en avions honte, terriblement. Mais nous savions aussi que nous étions unis à tout jamais – lui le petit et moi le grand – puisque Baptiste m'avait sauvé la vie au péril de la sienne. Un sentiment de solidarité profonde se substitua très vite à notre honte d'avoir désobéi.

16

Je me souviens aussi du jour où nous avons, pour la première fois, emmené Paule avec nous sur la grande île. Nous n'étions, Baptiste et moi, déjà, plus tout à fait des enfants. Avec l'aide de Charles, nous avions construit une cabane sous les aulnes et les frênes. Plus qu'une cabane, en fait, presque une maison : une maison de feuillages où il faisait si bon, à l'ombre, les jours d'été. Nous avions longtemps refusé d'y emmener Paule, jusqu'à ce qu'elle nous dise, un soir, avec cette voix d'une douceur étrange :

– Et si je mourais demain, vous ne regretteriez pas de n'avoir pas su me faire plaisir ?

Depuis son premier jour d'école, elle nous intriguait beaucoup, Baptiste et moi. Nous devinions qu'elle était d'une nature différente de la nôtre, et détentrice d'un pouvoir auquel nous ne pouvions résister.

Je crois que c'est ce jour-là, dès l'instant où elle a pénétré dans la cabane, qu'elle nous a fait prêter le serment qui a tant pesé sur nos vies :

– Jurons que, plus tard, nous ferons tout ce que nous pourrons pour acheter la grande île.

Nous avons juré, après avoir tracé au couteau une croix dans la paume de nos mains, jusqu'au sang. Paule était ravie. Elle avait aboli la barrière qui existait entre nous et, déjà, c'était elle qui menait le jeu.

Nous savions que la grande île appartenait à un paysan voisin, qui n'y mettait jamais les pieds. Il en consentait à notre père l'utilisation, contre des livraisons régulières de poissons. Mais c'était pour nous une sorte d'usurpation, d'injustice, car tout ce qui se trouvait au milieu de l'eau était censé nous appartenir. C'était aussi l'avis de Charles, qui regrettait, souvent, de ne pas pouvoir aménager la grande île à son gré, afin d'accoster plus facilement pendant les crues.

Quand nous lui avons parlé de notre serment, il a souri, mais n'a rien dit. Sans doute croyait-il que les serments des enfants ne durent que le temps de l'enfance, ce en quoi il avait tort. Je me demande d'ailleurs si ce serment n'a pas été déterminant dans la folie de Paule, quand elle nous a quittés. Et je revois l'ombre fraîche des feuillages, ce jour-là, j'entends le murmure de l'eau, je m'allonge sur le lit de fougères en devinant le corps fin de ma sœur : une liane, un serpent, avec une peau dorée comme un abricot, au cœur d'un mystère qui, pour moi, malgré le temps, ne s'est jamais dissipé.

Dès qu'elle a eu posé le pied sur l'île, nos jeux ont changé. D'explorateurs méticuleux, nous sommes devenus des défenseurs armés jusqu'aux dents de notre territoire. Contre qui ? Contre quoi ? Contre un ennemi invisible qui voulait débarquer, enlever Paule, qui l'enlevait d'ailleurs, et nous l'entendions parfois gémir dans l'ombre ou supplier, nous appeler à son secours. Nous avions fabriqué des arcs et des flèches capables de gagner des batailles contre les présences étrangères les plus redoutables, par une sorte d'instinct de divination qui saisit parfois les enfants, souvent plus proches des mystères et des ombres que les adultes. Malgré notre surveillance, Paule disparaissait sans cesse et je devinais qu'il y avait là quelque chose avec quoi, un jour, nous devrions compter.

J'avais treize ans, guère plus, quand nous avons obtenu la permission de passer la nuit pour la première fois dans l'île. Notre mère s'y était longtemps refusée, mais Charles, cet été-là, avait fini par la convaincre :

– Que veux-tu qu'il leur arrive ? Ils seront à l'abri dans la cabane, et en cas de danger, ils nagent comme des poissons. Ils auront vite regagné la maison.

Assis sur un rivage de galets, nous avons, tous les trois côte à côte, regardé tomber la nuit. Paule était assise entre Baptiste et moi. L'ombre descendait lentement sur l'eau qui devenait couleur de plomb fondu. Des canards sauvages tournaient une dernière fois avant de s'abattre dans les oseraies. Il n'y avait plus au monde que le ciel, l'eau et nous trois, seuls, face aux falaises dont la masse grisâtre fondait peu à peu. Quand nous n'avons plus rien vu, Paule a frissonné longuement et a murmuré :

– Rentrons, maintenant.

Nous avons gagné la cabane en marchant lentement pour ne pas nous perdre dans l'obscurité. L'air sentait la feuille humide, les genêts, le sable sec. Nous nous sommes couchés sur notre lit de fougères, et nous avons parlé longtemps, ou plutôt, c'est Paule qui nous a parlé de ce royaume que nous avions la chance d'habiter. Nous nous sommes endormis tard, vers une heure du matin.

C'est une sorte d'absence qui m'a réveillé vers trois heures. Je me suis agenouillé et j'ai cherché de la main les corps autour de moi. J'ai trouvé celui de Baptiste qui s'est redressé aussitôt, mais pas celui de Paule.

– Elle n'est plus là, ai-je murmuré, d'une voix qui n'était pas très rassurée.

Baptiste n'a pas paru surpris.

– Allons-y ! a-t-il dit.

Nous sommes sortis dans la nuit tiède, et nous avons commencé à chercher, d'abord autour de la cabane, puis de plus en plus loin, en l'appelant doucement. La lune avait émergé de la brume qui tombe sur les rivières au crépuscule et s'évapore ensuite à mesure que la température fraîchit. Nous avions emporté la lampe, et nous suivions les minuscules sentiers que nous connaissions par cœur. Ils menaient tous vers l'eau. Une fois sur la rive, nous avons tenté de voir si elle n'avait pas décidé de se baigner. Mais non, nul remous n'agitait la surface des flots qui glissaient lentement dans la lueur frissonnante de la lune.

Nous l'avons cherchée toute la nuit, de la pointe sud à la pointe nord, jusque dans les recoins les plus inaccessibles. Baptiste n'arrêtait pas de lui promettre des représailles, mais il cherchait comme moi, inlassablement. A la fin, nous sommes revenus dans la cabane pour attendre l'aube, mais nous étions si fatigués que le sommeil nous a bientôt gagnés.

Vers huit heures, un froissement de feuilles nous a subitement réveillés. Paule était là, devant nous, tremblant de tous ses membres, très pâle, si pâle, si défaite, que nous n'avons rien osé dire. Elle s'est assise face à nous, s'est mise à pleurer et nous a dit d'une voix blanche :

– Je voulais savoir si mes frères étaient capables de me retrouver et ils n'ont pas pu.

Elle a ajouté, avec un accablement qui nous a transpercés :

– Je suis perdue.

Nous avons essayé de la questionner, de la rassurer, mais il y avait une telle peur dans ses yeux que nous avons dû y renoncer. Alors nous avons retraversé la rivière sans un mot, puis nous avons regagné la maison où Albine, en découvrant Paule si angoissée, s'est inquiétée de ce qui s'était passé.

– Rien du tout, a dit Baptiste. Cette fille est complètement folle.

Paule s'est plantée devant lui, a murmuré :

– Je préférerais, mais ce n'est pas le cas.

Elle est allée s'enfermer dans sa chambre, qu'elle n'a pas quittée de trois jours.

N'ai-je pas rêvé tout cela, après coup ? Non, sans doute, car je l'ai revue souvent dans mon souvenir, ce matin-là, avec ce terrible pressentiment et ce désespoir qui la hantaient. Je crois vraiment qu'elle avait une sorte de don de divination et que c'était d'elle qu'elle avait le plus peur.

Quelques années plus tard, quand le malheur est arrivé, ni Baptiste ni moi n'en avons été autrement surpris. Nous l'avons cherchée, longtemps, longtemps, et pourtant nous savions dès le premier instant que nous ne la retrouverions jamais.

17

Je m'aperçois que je vais trop vite. Si j'ai entrepris de revivre les heures magiques de ma vie, ce n'est pas par une sorte de vaine nostalgie. Non, c'est parce que j'ai toujours eu la conviction qu'à l'heure de disparaître tout ce qui est oublié est perdu, et tout ce qui est emporté, au contraire, est sauvé. Il faut donc creuser le ferment de la mémoire, y incruster le meilleur de l'existence pour être sûr de ne pas l'abandonner derrière soi. C'est ce à quoi je m'attache dans ces pages, non sans constater, hélas, que l'on ne peut pas tout emporter et qu'il est difficile de conserver le plus précieux, afin qu'il nous accompagne sur d'autres routes, dans d'autres îles.

Le meilleur de ma vie est incontestablement ces années-là, même dans ce qu'elles avaient de douloureux, comme ce jour où j'ai découvert que nous étions pauvres alors que je nous croyais riches. Nous n'étions riches, en réalité, que de liberté et de lumière, mais c'était tellement bon que je ne m'en étais jamais préoccupé. En fait, je l'ai dit, nous ne connaissions pas grand-chose des lois qui régnaient ailleurs, et c'est ce qui, sans doute, nous unissait davantage.

Je ne savais pas ce que c'était que l'argent. Je voyais Charles donner des pièces ou des billets à Albine qui s'occupait des achats au village, mais ils nous maintenaient à l'écart de ces préoccupations étrangères à notre liberté. Or un jour, c'était en octobre je crois, Charles a été arrêté par un garde en possession d'une alose, parmi d'autres poissons, alors que la pêche en était interdite. Il n'aurait pas dû la garder. Il aurait dû la remettre à l'eau.

– Quand même, a dit Albine, cinq mille francs d'amende pour une alose !

– C'est ainsi, a dit Charles, je n'aurais pas dû la garder. Je n'en avais pas le droit.

– Une seule alose, voyons, ce n'est pas si grave.

– Je me suis mis dans mon tort, je payerai.

C'est alors qu'Albine a demandé comment, et nous nous sommes regardés, tous, autour de la table, comme si soudain un voile se déchirait, laissant apparaître notre fragilité. J'ai bien compris qu'elle regrettait aussitôt d'avoir posé cette question, car elle a très vite changé de sujet. Mais une ombre froide s'était posée sur nous et ne se levait plus.

A partir de ce soir-là, Charles n'a plus été le même. Son calme et son assurance s'étaient évanouis. Il disparaissait pendant la journée, rentrait le soir éreinté, et je voyais s'éteindre peu à peu la lumière de son regard.

– Il s'est embauché sur un chantier, a fini par avouer Albine devant mes questions.

– Pourquoi ? a demandé Baptiste.

– Vous savez bien : pour payer cette malheureuse amende au sujet de l'alose.

– Et les poissons ?

– Les poissons, avec l'hiver qui arrive...

– Et ta couture ?

Albine a détourné les yeux. Ni Baptiste ni moi

n'avons eu le cœur d'insister, mais nous avions compris que, contrairement à ce que nous croyions, nous n'étions pas à l'abri des menaces du monde extérieur.

Cette année-là, Charles a travaillé tout l'hiver pour payer l'amende, sans jamais se plaindre. Ce n'était ni dans sa nature ni dans ses habitudes. Parfois, pourtant, je m'inquiétais de son absence auprès d'Albine.

– Ça ne va pas durer, me répondait-elle, en reprisant nos vêtements usagés.

Je me suis alors aperçu, pour la première fois, qu'elle ne nous achetait jamais de vêtements neufs, mais qu'elle entretenait amoureusement ceux qu'elle confectionnait. J'ai compris par la même occasion que, pour elle, la propreté était l'honneur de la pauvreté, mais je n'en ai pas été blessé. Nos vêtements sentaient bon après avoir séjourné dans l'armoire parfumée des bouquets d'herbes des champs au milieu desquels dominait celui des violettes, et leur usure même me les rendait précieux. Non, si je souffrais, c'était de savoir mon père contraint de vivre à l'écart de sa rivière, obligé d'aller gagner loin d'elle l'argent d'une dépense à laquelle il ne pouvait faire face.

Cet hiver-là m'a paru ne jamais devoir finir. Et pourtant il a passé, comme les autres, et le printemps est arrivé. La lumière s'est rallumée sur les rives et dans les yeux de Charles dont je me suis aperçu qu'il était toujours habillé d'un pantalon bleu et d'une chemise à carreaux, sur laquelle, à la mauvaise saison, il enfilait un gros chandail de laine, lui aussi tricoté par Albine. Elle lui avait probablement fait part de mes inquiétudes au sujet de notre pauvreté car, dès le premier jour où nous sommes remontés sur la barque, dans la magnifique lueur d'un matin d'avril où les arbres se couvraient d'un vert tendre et où le bleu du ciel semblait descendre jusqu'à nous, il m'a dit d'une voix redevenue la même :

– Tu vois bien, Bastien, que nous sommes riches.

Je n'ai jamais oublié son geste du bras, ni son regard, ce matin-là. Ils m'ont pour toujours délivré de la jalousie et de l'envie, même si la vie m'a changé comme elle change les hommes. Seul Charles est demeuré le même, persuadé que le ciel et la rivière lui faisaient don de ce qu'il y avait de plus précieux au monde.

A la fin de son existence, quand je l'ai retrouvé, son honnêteté et son humilité, malgré sa maladie, étaient demeurées semblables à celles de cet hiver-là, ainsi que la richesse dont il se prétendait pourvu.

– Tu vois, Bastien, me disait-il, ici j'ai tout ce qu'un homme peut souhaiter. Tout m'est donné.

– Tu n'as jamais manqué de rien ?

– Non, jamais. J'ai toujours pensé que l'argent ne fait que nous détourner de la beauté qui nous entoure. Mais l'argent, tu sais, il y en a aussi sur l'eau. Regarde !

Effectivement, l'eau des courants cascadait sur les galets dans un pétillement de cristal et, dans les premières feuilles des arbres, passaient des éclairs de vitre brisée. Je n'ai pas eu le cœur de lui faire observer que sa chemise, aux coudes, était trouée, car Albine n'était plus là pour la repriser et la repasser amoureusement.

18

Baptiste, je l'ai dit, était dès l'enfance un roc de certitudes et de passion. Rien ne semblait avoir d'emprise sur lui. Il savait tout, même ce qu'il ferait plus tard.

– Je naviguerai, affirmait-il ; je deviendrai commandant de vaisseau.

Je lui demandais, affolé :

– Alors tu partiras ? Tu quitteras la rivière ?

– Oui, mais je reviendrai souvent.

– Et nous ?

– Je vous emporterai avec moi.

– Et comment feras-tu ?

– Vous êtes là, disait-il en me montrant son cœur.

– Et notre serment ? La grande île ?

– Justement. Comme ça, je gagnerai assez d'argent et c'est moi qui l'achèterai.

Sa passion, à part la pêche, c'étaient les bateaux. Il en construisait de toutes les tailles, en forme de radeaux, l'été, sur lesquels il nous entraînait jusqu'au naufrage, comme s'il avait voulu banaliser le premier : celui dans lequel nous avions failli périr, lui et moi. Le moindre écueil venait à bout des fragiles esquifs qui se disloquaient subitement et nous abandonnaient à notre sort. Nous rentrions à la nage, épuisés, Paule très en colère, mais Baptiste riait et, sitôt de retour, il se remettait à l'ouvrage.

Aujourd'hui, lui aussi est mort, dans un vrai naufrage. Il n'est pas devenu commandant de vaisseau, mais capitaine d'un chalutier de deux mille tonnes qu'il conduisait là-bas, très loin, sur la mer de Barents, dans le voisinage de l'île aux Ours. J'étais allé à sa rencontre, à Cherbourg, quand Charles, malade, avait demandé à le voir.

– Tu sais, Bastien, m'avait-il dit, notre père est un homme qui restera toujours fort et jeune, pour moi. C'est comme ça que je l'ai aimé et que je l'aimerai toujours.

– Il voudrait te parler. C'est pour ça que je suis là.

– Tu lui diras que je viendrai bientôt. Comme ça, il se battra, et il m'attendra.

– Mais tu viendras vraiment ?

– Je ne suis jamais réellement parti, Bastien.

A douze ans, déjà, il prononçait des phrases définitives, lourdes de sens, et j'avais parfois du mal à le comprendre. A treize ans, un soir, il n'est pas rentré. Albine a tout de suite été très inquiète, mais Charles pas du tout, du moins au début. Moi, j'étais surtout vexé qu'il ne m'ait rien dit. Seule Paule semblait savoir quelque chose, mais elle refusait de parler.

– Il sera là demain matin, a dit Charles. Allons nous coucher.

C'était une nuit de juillet. Il faisait si chaud que j'avais laissé ma fenêtre ouverte et je ne dormais pas : je guettais les bruits, les soupirs des feuilles, le frôlement des oiseaux nocturnes, et plus loin, là-bas, le murmure de l'eau sur les galets. Je me suis levé plusieurs fois et j'ai contemplé la nuit : la lune laissait couler des torrents qui miroitaient en atteignant la cime des arbres puis glissaient silencieusement vers le sol. Rien ne bougeait. Seule la terre respirait doucement, très doucement, comme un enfant qui dort. Il m'a semblé qu'il n'y avait aucun danger pour Baptiste. Je me suis recouché vers quatre heures et je me suis enfin endormi.

Le lendemain matin, Baptiste n'a pas reparu. Le visage de Charles s'est un peu assombri, mais il n'a rien dit qui puisse trahir la moindre inquiétude. Quant à Albine, elle a suggéré, au moment où nous nous sommes assis pour le repas de midi :

– Il faudrait aller prévenir.

– Prévenir qui ? a demandé Charles.

– Je ne sais pas. Les gendarmes, peut-être.

Cette proposition lui a paru tellement déplacée qu'elle n'a pas insisté.

– Je vais le chercher, moi, a décidé Charles en se levant brusquement, à la fin du repas.

Il est parti et je suis resté seul avec Albine et Paule.

– Si tu sais quelque chose, lui a dit Albine avec un début de colère, tu as intérêt à me le dire !

Paule a juré sur la tête de Baptiste qu'elle ne savait rien. Nous avons attendu tout l'après-midi sans prononcer un mot. Charles est rentré le soir sans l'avoir trouvé. Il m'a paru un peu plus inquiet que la veille, mais il est parvenu à rassurer Albine :

– Je le connais, il ne se mettra pas en danger.

– Qu'est-ce que tu en sais ?

– Je le sais. Ne t'inquiète pas.

Les jours suivants, Charles a continué de chercher du matin jusqu'au soir, mais il n'a pas voulu m'emmener avec lui.

– Reste avec ta mère, m'a-t-il dit. Elle a besoin de toi.

Au fur et à mesure que les jours ont passé, Charles a eu du mal à ne pas céder à Albine, qui insistait pour qu'il aille trouver les gendarmes. Le sixième jour vers midi, alors que nous étions en train de manger, nous avons entendu des pas sur le chemin. C'était Baptiste, amaigri, épuisé, mais souriant. Il y avait une lumière immense dans ses yeux.

– J'ai faim, a-t-il dit.

Il s'est assis au milieu de nous comme si de rien n'était, a avalé tout ce qu'Albine a mis dans son assiette, puis il a relevé la tête et nous a regardés en riant, avec un tel sourire que personne n'a pu lui poser la moindre question. Devant le regard insistant d'Albine, Charles a forcé la voix pour lui dire :

– Viens avec moi !

Ils sont partis tous les deux et j'ai pensé que Baptiste allait avoir du mal à échapper à un châtiment. J'aurais donné tout ce que je possédais pour me glisser entre eux et les écouter. Mais j'ai dû patienter tout l'après-midi avant de les voir revenir. Albine paraissait excédée. Elle allait de la cuisine au jardin, de son ouvrage à la terrasse et soupirait sans cesse.

Quand ils sont rentrés, vers six heures du soir, Charles avait la même étrange lueur dans les yeux que Baptiste. Il s'est enfermé dans la chambre avec Albine et j'ai pu enfin questionner mon frère.

– Je l'ai vu, m'a-t-il dit.

– Qui ça ?

– L'océan, je l'ai vu.

Et il m'a raconté que l'envie l'avait pris l'année précédente, qu'il avait étudié les cartes et que ce n'était pas bien difficile d'y arriver : il suffisait de suivre la rivière jusqu'à l'estuaire. Et puis il m'a raconté son voyage, comment il était monté sur des bateaux de plus en plus gros, avait rencontré des hommes qui avaient connu des tempêtes et traversé l'océan jusqu'en Amérique.

– Et Charles ? Qu'est-ce qu'il a dit ?

– Il m'a demandé de lui raconter, c'est tout.

– On a été inquiets, tu sais.

– Je sais. Mais si j'avais demandé la permission, ils ne me l'auraient pas donnée, et moi j'en avais besoin.

Baptiste m'a pris le bras et a répété :

– Tu comprends, Bastien, j'en avais besoin.

J'avais compris, comme Charles, comme Albine, que certains enfants ont besoin de vivre leurs rêves. J'ai également compris plus tard que ces rêves peuvent les tuer, mais que ce n'est pas ce qui compte. Ce qui compte, c'est qu'ils puissent vivre heureux, même s'ils doivent en payer le prix. Baptiste l'a payé, ce prix, mais, depuis son plus jeune âge, il en avait pris le parti. Charles, qui connaissait d'instinct les secrets du monde et des hommes, n'a pas voulu l'en détourner. Je suis persuadé qu'il a été heureux, ce jour-là, sur la rivière, en écoutant son fils sans lui faire le moindre reproche, de le savoir capable de franchir tous les obstacles pour atteindre ses rêves.

19

En arrivant sur la place du village, un matin, nous avons aperçu des roulottes au toit vert, et Paule n'a pu s'empêcher de s'approcher. Nous l'avons suivie, Baptiste et moi, en direction des chevaux qui broutaient calmement l'herbe entre les ormes. C'étaient des bêtes superbes, à la crinière tombante, à la queue très longue, et dont la robe baie, lustrée, témoignait de soins attentifs. Entre les roulottes, des feux brillaient sous des chaudrons à moitié pleins d'étain fondu, derrière lesquels des hommes à la peau tannée étaient assis sur des chaises de paille. Nous les avons regardés un long moment, fascinés. C'étaient des étameurs, qui, nombreux à l'époque, parcouraient les campagnes pour trouver de quoi exercer leur métier, mais nous n'en avions pas vu depuis longtemps, car le village était situé trop à l'écart des grandes routes.

Nous avons eu beaucoup de mal à nous arracher au spectacle de ces hommes et de ces femmes vêtus si différemment de nous – pantalons à côtes, gilets en peau pour les hommes ; robes longues et foulards de couleur vive sur la tête pour les femmes. Quand la cloche de l'école nous a rappelés à l'ordre, nous savions déjà que nous allions vivre un matin extraordinaire.

J'ai tout de suite aperçu dans la cour les deux garçons qui se tenaient sur les marches, seuls, à l'écart :
deux gitans à la peau brune, au regard sombre et à
l'allure fière. Les autres enfants gardaient une distance
prudente, comme si cette présence nouvelle constituait
pour eux une menace. Je ne sais pas pourquoi, un élan
spontané m'a poussé vers les nouveaux venus. Sans
doute m'a-t-il semblé qu'ils étaient aussi sauvages que
nous, et aussi fragiles, dans ce monde qui n'était pas
le leur. Je crois surtout qu'ils m'ont paru beaux avec
leur front haut, leur peau mate, leurs cheveux drus,
d'un jais à la fois profond et lumineux. Leurs yeux
aussi étaient noirs, et leur attitude exprimait une sorte
de hauteur qui, dès l'abord, nous a subjugués, Baptiste
et moi.

Nous nous sommes arrêtés à un pas d'eux, ne
sachant que dire, mais persuadés, tout de suite, que
nous avions rencontré des alliés.

– Je m'appelle Manuel, a dit l'aîné, avec un accent
traînant qui s'attardait sur la dernière syllabe.

Et, avant que je n'aie pu répondre :

– Mon frère s'appelle Luis.

J'ai à peine eu le temps de donner nos prénoms que
Manuel, prenant ma main droite, a dit, en la serrant
d'une manière inhabituelle, l'avant-bras replié sur lui-
même, comme pour un défi de force :

– Vous êtes nos frères.

A cet instant, le maître a surgi et tapé dans ses mains
pour nous faire mettre en rangs. Nous avons alors été
séparés, mais dès que je me suis assis, je me suis
retourné vers les gitans qui avaient trouvé place au
fond, sur le dernier banc, et semblaient ne pas être
impressionnés par le silence qui s'était établi.

– Vous avez deux nouveaux camarades, a dit le maître. Ils viennent de loin, mais ils resteront chez nous quelque temps. Je compte sur vous pour leur faire bon accueil.

Je crois n'avoir rien entendu de la leçon de calcul, ce matin-là, et j'ai eu beaucoup de mal à trouver la solution des problèmes écrits par le maître au tableau. En fait, je m'inquiétais pour Manuel et Luis, que je croyais incapables de faire face aux difficultés des mathématiques, et j'aurais voulu leur venir en aide. Mais eux ne paraissaient pas s'en soucier. Ils devaient m'apprendre, lors de la récréation de dix heures et demie, qu'ils fréquentaient l'école régulièrement, lors de chaque halte dans les villages. Et surtout, j'ai découvert très vite qu'ils étaient d'une intelligence différente de la nôtre, instinctive, mais bien au-dessus de la moyenne de la classe.

Nous nous sommes rejoints dans la cour dès le début de la récréation. Dès que nous nous sommes assis sur le mur, Paule s'est approchée de nous, mais elle n'était pas seule. Il y avait une fille avec elle : brune, les cheveux noués en chignon, elle portait une robe longue de couleur rouge avec des épaulettes et une ceinture noires.

– Esilda, notre sœur, a dit Manuel.

Quand les yeux de pervenche se sont posés sur moi, il m'a semblé que le monde était encore plus beau que je ne l'avais imaginé. J'ai deviné, ce matin de printemps, dans l'air tiède des premiers beaux jours, que les femmes étaient l'une des plus grandes douceurs de la vie. Tout cela n'était pas clairement exprimé en moi, mais seulement ressenti. Paule, elle, ne pouvait pas ne pas avoir mesuré le mystère et la grandeur de ces gitans frères et sœur. Il lui avait suffi, comme nous, de quelques minutes pour nouer avec eux des liens qui, dès le premier jour, sont devenus fraternels.

Nous l'avons compris quand ils sont revenus tous les trois dans la cour bien avant la rentrée de quatorze heures, après avoir pris leur repas chez eux. Paule, Baptiste et moi, nous avions l'habitude de manger dans la salle de classe les casse-croûte préparés par Albine, parce que nous n'avions pas le temps de redescendre à la rivière et de remonter en si peu de temps. Nous étions seuls, à ce moment-là, et pas fâchés de l'être. Les autres élèves habitaient beaucoup moins loin et rentraient chez eux.

A une heure, donc, alors que nous étions assis sous le préau, les deux frères et leur sœur sont revenus et nous ont donné trois morceaux d'un gâteau aux amandes. D'abord nous n'avons pas accepté, mais j'ai compris que c'était leur faire offense tant ils nous les proposaient avec un naturel désarmant, une évidente sincérité. Nous découvrions la générosité vraie, la grandeur naturelle, une sorte de noblesse du cœur à laquelle, hors de la rivière, nous n'étions pas habitués.

Paule semblait émue, Baptiste gêné, et moi je ne savais que dire pour remercier. Mais Manuel n'attendait aucun merci. Il s'est mis à nous parler comme s'il nous connaissait depuis toujours. De leurs parents venus d'Andalousie pour tenter de vivre mieux, de leurs voyages sans fin, des nombreux villages traversés, de leurs découvertes au contact des régions, des gens, des paysages sans cesse différents.

– Mais alors, a dit Paule, vous repartirez.

– Pas avant un mois, a répondu Manuel. Il y a

beaucoup d'osier, ici, au bord de la rivière, et nous devons en faire provision pour nos paniers.

– Vous connaissez donc la rivière ? ai-je demandé.

– Nous la remontons depuis le bas pays, a répondu Manuel.

– C'est là que nous habitons, a dit Paule.

– Nous le savions.

C'était la première fois qu'Esilda parlait. Jusqu'à présent, elle s'était contentée d'écouter ses frères. Sa voix était calme, aussi traînante que celle de Manuel. Elle portait aux poignets des bracelets qui jetaient des éclats d'argent et, aux oreilles, des anneaux qui paraissaient d'or. Elle devait avoir treize ans à peine, puisqu'elle se trouvait dans la classe de Paule, mais il y avait déjà en elle toutes les grâces d'une femme. Comme elle était assise et s'appuyait contre le mur du préau, j'apercevais ses chevilles chaussées d'espadrilles lacées très haut, sous les volants noirs qui ourlaient sa robe rouge.

Il m'a semblé que je devais parler de notre rivière pour partager avec eux ce que nous possédions de plus beau. Je m'y suis évertué, aidé par Paule, sans la moindre crainte de trahir ce que nous vivions en secret.

– D'ailleurs, ai-je conclu, vous viendrez nous voir et nous vous montrerons la grande île.

Nous n'avons pas pu bavarder longtemps, ce premier jour, car l'heure avait avancé et les enfants arrivaient, s'approchant de nous avec méfiance comme si nous étions en train de comploter contre l'ensemble de la classe. Esilda et Paule ont regagné la cour des filles. Nous, nous avons dû faire face à cette sorte d'hostilité que créent immanquablement les secrets partagés à quelques-uns. Les garçons les plus âgés sont venus défier les deux frères, mais Manuel avait l'habitude de se faire respecter, car il avait souvent fréquenté des écoliers hostiles.

– Qu'est-ce que vous voulez ? leur a-t-il dit. Demandez-le-moi, je vous le donnerai.

– Tu es bien prétentieux, a dit le grand Faye, celui qui nous avait tendu de nombreuses embuscades sur le chemin de la rivière. Et d'abord, est-ce qu'on t'a demandé quelque chose ?

– Regarde ! a dit Manuel en sortant un morceau de bois et de la ficelle de raphia de sa poche.

Il s'est mis à fabriquer un personnage en enroulant la ficelle autour du morceau de bois qu'il avait préa-lablement taillé selon la forme qu'il souhaitait. Ses doigts s'activaient avec une agilité extraordinaire, celle avec laquelle il tressait l'osier pendant l'hiver, pour fabriquer des paniers. Très vite, a jailli de ses mains un homme à large chapeau qui ressemblait à Napoléon. La ressemblance était si frappante que tous les témoins de la scène en furent subjugués. Manuel l'a tendu négligemment au grand Faye qui n'a pas eu le temps de remercier, car le maître appelait. Je suis rentré en classe confiant, apaisé, persuadé que nous avions trouvé des amis qui allaient embellir notre vie.

L'après-midi a passé beaucoup trop lentement à mon gré. Je n'écoutais pas le maître et je rêvais à cette amitié nouvelle, à ses promesses, à ce sentiment de reconnais-sance, de bien-être, qu'elle avait fait naître en moi. Le soir, sans que nous l'ayons décidé, Esilda, Manuel et Luis nous ont suivis tout naturellement sur le chemin qui descendait vers la rivière. Manuel parlait de sa voix grave, et le monde autour de nous prenait des dimen-sions inhabituelles. Les chemins qu'il ouvrait conduisaient vers des lieux, des villages et des villes qui apparaissaient devant nous comme si nous les connaissions vraiment. A l'entendre, ses parents leur laissaient la liberté d'aller et venir, sauf l'hiver, quand il fallait tresser les paniers. Ce soir-là, il ne semblait pas se préoccuper de l'heure, de la nuit qui tombait tôt, encore, en cette saison. Cependant, ils se sont arrêtés juste avant d'arriver chez nous, comme s'ils ne voulaient pas abuser de l'hospitalité que nous leur offrions sans la moindre appréhension.

– Demain, a-t-il dit. Pas tout à la fois. Nous avons le temps.

Ils nous ont serré la main avec gravité. Puis Manuel a dit encore avant de retourner sur ses pas :

– Nous sommes frères et sœurs tous les six. Rien ni personne ne nous séparera.

Je me suis demandé pourquoi il parlait de la sorte alors qu'ils devaient repartir bientôt, mais je n'ai pas trouvé de réponse. Nous avons attendu qu'ils disparaissent derrière les arbres qui reverdissaient, pomponnés de bouquets blancs, puis nous avons marché lentement vers notre maison en nous demandant si nous n'avions pas rêvé. Mais Paule nous a montré le bracelet que lui avait donné Esilda en gage d'amitié. Et pendant toute la soirée j'ai gardé les yeux fixés sur ce bracelet qui témoignait d'une première vraie rencontre dans nos vies solitaires. Nous savions désormais que le monde extérieur pouvait aussi nous apporter du bonheur.

20

Jamais vacances de Pâques n'ont été plus heureuses que ce printemps-là. Dès l'aube nous rejoignions sur la place nos amis, entrions dans leur roulotte, partagions leur vie. Leurs parents semblaient trouver cela naturel. Ils ne possédaient pas grand-chose mais donnaient facilement, avec une générosité semblable à celle de leurs enfants, et qui nous touchait, chaque fois, intensément. Nous nous occupions des chevaux, des ustensiles à étamer, des corvées d'eau à la fontaine, mais nous parlions, également, assis en cercle, pour partager ce que nous avions en nous de meilleur. Jamais un mot plus haut que l'autre, jamais de dispute, mais une alliance, au contraire, une complicité, qui désamorçait tout conflit.

Nous leur avons fait découvrir notre univers : les rives aux saules cendrés, la grande île, Charles et Albine un peu étonnés de cette invasion pacifique, mais pas mécontents, du moins me semblait-il. Nous mangions dans la cabane, nous pêchions, nous coupions les branches des saules, et nous parlions, surtout, alors qu'au-dessus de nous le soleil ne cessait de briller. Luis, toujours silencieux, nous observait d'une manière étrange, comme s'il s'étonnait de nous voir réunis. Baptiste aussi gardait le silence, mais je le savais heureux, à l'écoute de tout ce qui se disait, afin de n'en rien perdre. Parfois, Paule et Esilda s'éloignaient pour se confier des secrets, et nous ne songions pas à les suivre car nous avions, nous aussi, les garçons, des confidences à partager.

Un soir, Paule, mystérieuse, a manœuvré pour se trouver seule avec moi, et elle m'a tendu une feuille de papier bleu pliée en quatre en me disant gravement :

– C'est pour toi.

Je l'ai dépliée, impatient de découvrir ce qu'elle contenait, et, dès que mes yeux ont parcouru les mots, j'ai senti quelque chose d'immense s'éveiller en moi, me submergeant d'une vague inconnue : « Bastien, tu es pour moi le ciel et l'eau, et je connais le goût de tes lèvres. » C'était signé d'un E majuscule qui ne pouvait me laisser aucun doute sur celle qui les avait écrits. J'étais bouleversé mais je ne savais comment réagir à ces mots si peu ordinaires, dont je découvrais la douceur.

Un peu plus tard, Paule est venue me demander si je voulais répondre. Il m'a semblé que j'aurais trahi la confiance de Manuel et je lui ai dit non. Elle a paru déçue mais n'a pas insisté. Le lendemain, j'ai craint que nos relations ne soient modifiées, mais Esilda demeurait la même : elle ne me regardait pas, ou alors fugacement, au moment où je m'y attendais le moins. Manuel ne se montrait pas différent, bien qu'il y eût davantage de gravité dans sa voix. La journée sur la grande île n'a rien perdu de son éclat, au contraire : elle a été imprégnée d'un charme supplémentaire, que nous ressentions tous, même si nous ne l'évoquions pas.

114

Le soir, quand nous nous sommes retrouvés seuls, Paule est venue vers moi et m'a dit :

– Manuel sait tout. Il est d'accord.

Et elle m'a tendu un nouveau billet bleu avant de s'en aller. Je l'ai déplié avec hâte, et les mots ont été encore plus beaux que ceux dont j'avais rêvé : « Bastien, nous avons peu de temps, s'il te plaît, je t'aime tant. »

Une fois encore, je n'ai pas répondu. Il me semblait que j'allais rompre l'équilibre qui s'était instauré entre nous, que tout allait cesser, se briser en un instant si je n'y prenais garde. Et je ne souhaitais pour rien au monde ternir la moindre minute que nous passions ensemble. Ce fut Manuel lui-même qui intervint un matin, en me parlant seul à seul.

– Elle souffre, me dit-il. Et je ne veux pas.

L'éclat de ses yeux était le même que celui que j'avais découvert le jour de notre rencontre. Comme je ne répondais pas, il a cru, sans doute, que je refusais de comprendre, et il a ajouté :

– Bastien, c'est moi qui te le demande.

J'ai hoché la tête, et cela nous a suffi. Vers le milieu de la matinée, alors que nous avions regagné la grande île, ils se sont tous éloignés et nous ont laissés seuls, Esilda et moi, dans la cabane. Nous sommes restés debout un moment face à face, puis elle est venue se blottir contre moi et j'ai refermé sur elle mes bras en ayant l'impression de l'y enfermer pour toujours.

Comment exprimer le merveilleux des jours qui ont suivi ? Il m'arrive aujourd'hui de me demander s'ils ont vraiment existé. Et pourtant, je sens encore parfois le parfum de violette d'Esilda, son corps contre le mien, même si nous n'avons jamais trompé la confiance de Manuel. J'avais quatorze ans, elle à peine treize. Il ne nous a pas été difficile de ne trahir personne. Tout cela était bien au-delà de ce que j'ai connu par la suite, de ces combats des corps qui ne sont que des défaites ou des victoires vite oubliées.

Les jours ont passé très vite, trop vite, sans que nous nous en rendions compte. Les autres avaient pris l'habitude de nous laisser seuls une heure ou deux, chaque matin et chaque après-midi. Pourtant, j'ai senti qu'Esilda avait recommencé à souffrir.

– Nous partons après-demain, m'a-t-elle dit un soir.

Je lui ai répondu que ce n'était pas possible, que j'empêcherais ce départ, que Manuel nous aiderait. Mais quand j'ai sollicité cette aide, le soir même, à ma grande surprise il s'y est refusé.

– Il le faut, a-t-il dit.

– Et Esilda ?

– Elle ne t'oubliera pas.

– Et moi ? Et nous ?

Alors il a prononcé ces paroles étranges que je n'ai jamais oubliées :

– La vraie vie est en nous. Là, tous ceux qui n'oublient pas se retrouvent.

Je me souviens du dernier soir, quand nous les avons raccompagnés vers leur roulotte. Il faisait beau, déjà, et des souffles tièdes couraient sur ma peau. Je marchais derrière les autres, près d'Esilda. Elle s'arrêtait souvent, comme si elle se refusait à ce qui allait se passer. Manuel, inquiet, se retournait, ralentissait. Elle me tenait la main, et je la sentais se crisper au fur et à mesure que nous avancions. Elle m'appelait à son secours d'une voix à peine audible, répétait :

– Bastien, Bastien, ne me laisse pas...

En haut, Manuel a dû défaire ses doigts d'entre les miens puis il l'a attirée vers lui. Il souriait, se montrait grave et fort, m'invitant du regard à agir comme lui. Ils se sont éloignés lentement, Esilda s'est retournée longtemps, jusqu'à ce qu'elle disparaisse derrière une roulotte. Nous avons attendu quelques instants, espérant qu'ils allaient réapparaître, ces frères gitans venus vers nous pour éclairer le monde d'une lumière magique, mais la porte de la roulotte est demeurée close.

– Viens ! a dit Baptiste. Il faut partir.

Comme je ne bougeais pas, Paule et lui m'ont pris par le bras et m'ont entraîné sur le chemin, muet, dévasté par une souffrance encore jamais éprouvée. Ils ne m'ont pas lâché de tout le trajet en direction de la rivière.

Une fois en bas, je n'ai pas pu manger et je suis allé me coucher pour être seul et penser à Esilda. Plus tard, quand tout le monde a été endormi, je me suis échappé et je suis remonté vers le village. Il ne faisait pas froid mais je grelottais. Je ne croyais pas que les roulottes s'en iraient. Cela me paraissait impossible. Elles étaient là depuis trois semaines et il me semblait qu'elles s'y trouvaient depuis toujours.

Le jour s'est levé, traînant avec lui un peu de brume. Des lumières se sont allumées, des portes se sont ouvertes. Manuel et son père sont sortis pour atteler les chevaux. J'ai quitté mon abri, derrière une laurière, et il m'a aperçu. Il m'a regardé un instant, sans détourner les yeux, et j'ai compris qu'il était étonné, sans doute même déçu. J'ai fait demi-tour et, mécontent de moi, je suis repassé derrière le rideau de verdure. Au bout d'un moment, la première roulotte s'est ébranlée, puis les autres l'ont suivie, sans que jamais n'apparaisse Esilda. En quelques minutes, elles ont disparu dans le brouillard comme dans un rêve. C'était fini. Je suis parti en courant, et j'ai crié tout le long du chemin.

Je n'ai jamais guéri de cette première grave blessure. Même aujourd'hui, j'ai toujours beaucoup de mal à admettre qu'il faille perdre ce que nous possédons de plus précieux. Parce que c'est notre nature et que nous allons, quoi que nous fassions, vers la disparition. Seuls les derniers mots de Manuel m'ont consolé parfois, et il m'est arrivé de les croire : « La vraie vie est en nous. Tous ceux qui le veulent s'y retrouvent. »

Depuis, chaque fois que j'ai vu des gitans, mon cœur s'est emballé dans ma poitrine. Pendant une période de ma vie, je me suis lancé à leur recherche, me renseignant dans les villages, dans les villes, en m'arrêtant chaque fois pour questionner les gens du voyage que je rencontrais.

Baptiste m'a dit un jour :

– On a dû rêver.

Moi je sais bien que je n'ai pas rêvé. Sinon, je ne sentirais pas, chaque fois que je pense à eux, cette détresse et ce besoin de courir les routes et les chemins, même aujourd'hui, alors que j'ai touché au port. J'ai compris que la cruauté d'une absence peut venir à bout de notre énergie à vivre. Le prix qu'il faut payer m'a souvent paru trop élevé et pourtant je l'ai accepté. Mais il m'arrive de me dire que je n'ai jamais eu suffisamment de courage pour rejoindre Esilda là où, sans

118

doute, elle m'attend plus sûrement depuis toujours, cette île d'où elle est venue vers moi le temps de l'un de ces miracles de la vie où je me plais à croire que le hasard n'a pas de place.

21

Pendant l'été qui a suivi ces vacances de Pâques, Paule s'est mise à jouer à des jeux romanesques et dangereux. Elle demandait à Albine de l'aider à coudre de magnifiques robes longues pour le mariage qu'elle projetait. Elle côtoyait des rois gitans. L'un d'eux viendrait un jour la rejoindre sur la rivière pour l'épouser.

Je lui disais d'un ton de reproche :

– Alors tu partiras.

– Mais non, voyons, il s'installera ici. Il deviendra le prince de l'eau et la vallée sera notre royaume.

Elle pouvait rester des jours et des jours sur une idée, dans un univers qu'elle s'inventait et où elle s'efforçait en vain de nous faire pénétrer. Seule Albine se prêtait à ce jeu, car au fond elles se ressemblaient. Et les rêves de Paule, souvent, la poussaient aux pires extrémités.

Cette année-là, au mois d'août, elle s'est mise à jouer à mourir, car son fiancé ne venait pas. Elle a plongé à plusieurs reprises dans les grands fonds aux remous dangereux, et nous avons bien cru, Baptiste et moi, qu'elle ne remonterait pas. Nous plongions à notre tour, descendions tout au fond dans l'eau verte, et nous lui donnions des coups de pied, des coups de poing pour l'obliger à réagir. Elle remontait alors, et, sans forces, s'abandonnait sur les galets, le souffle court, désespérée, nous reprochant de l'obliger à vivre.

Je n'ai jamais bien su ce qui se serait passé si nous n'avions pas été là. Je ne crois pas que Charles et Albine aient mesuré à quel point elle vivait ses rêves, sinon plus tard, quand la vie nous a emportés dans son flot invincible. Car Paule était excessive en tout. Parfois, elle nous dévisageait, Baptiste et moi, prenait une voix fiévreuse et murmurait :

– Si vous saviez comme je vous aime !

Elle nous attirait dans ses bras et nous serrait l'un après l'autre avec des sanglots qui, eux, n'étaient pas feints. Baptiste sortait de ces effusions très contrarié.

– Les filles, disait-il, quelle plaie !

Moi, j'étais plus intrigué que furieux. Mais je suis certain que c'est à cause d'elle, autant qu'à cause d'Esilda que, plus tard, j'ai approché les femmes, dans ma vie, avec quelque prudence. Je les ai toujours crues susceptibles d'entretenir des relations avec des forces que nous, les hommes, ignorons. Je les ai toutes considérées capables des plus grandes folies, par exemple de choisir de disparaître plutôt que trop souffrir. Ce qu'elles ont fait, toutes les deux, pour des raisons différentes mais également douloureuses. D'où mon besoin, mon obsession de reconstruire ce qui n'était plus. Jusqu'à ce que je comprenne que l'on ne reconstruit rien, jamais, que l'on invente seulement autre chose et que la vie consiste à se résigner à perdre ce que l'on a aimé.

Je revois Paule ce jour où elle est venue nous trouver, Baptiste et moi, dans la cabane de la grande île et où, prenant un ton solennel, elle nous a dit :

– Désormais, je suis une femme.

– Evidemment que tu es une femme ! a bougonné Baptiste.

Elle a haussé les épaules, murmuré :

– Vous ne pouvez pas comprendre.

Ce que nous comprenions, c'était que sa nature était différente de la nôtre. Par exemple, elle avait horreur de nous voir tuer les poissons. Nous avions beau lui expliquer qu'ils souffraient moins que si nous les avions laissé agoniser, la bouche ouverte, brûlés par la température d'un milieu qui n'était pas le leur, elle nous traitait de barbares, ce qui intriguait aussi Charles. Il était, depuis toujours, habitué à tuer les poissons, et il nous avait appris à leur briser l'arête principale au niveau de la tête, par un mouvement du pouce engagé dans la bouche et brusquement ramené vers l'arrière.

Parfois, pourtant, Paule parvenait à nous faire entrer dans son univers enchanté. Nous avons ainsi vécu avec elle des instants inoubliables, comme ces jours où elle nous racontait comment nous resterions tous réunis sur la grande île, une fois que nous l'aurions achetée. Nous pourrions alors y construire une maison qui serait assez grande pour que nous l'habitions tous ensemble. Tous, c'est-à-dire nous, son mari, mais aussi Manuel, Luis et Esilda. Elle savait trouver les mots pour cela. Des mots qui lui venaient je ne savais d'où, sinon des livres qu'elle lisait parfois, si absorbée que plus rien ni personne n'existait autour d'elle.

Elle avait acquis cette passion de bonne heure et je crois qu'elle a été déterminante dans sa courte vie. Sans doute lui a-t-elle donné l'habitude et le besoin de rendre le monde plus beau qu'il n'est en réalité, et le nôtre, en particulier, magnifique. C'est pour cette raison qu'elle n'a pas supporté de devoir le quitter. Car elle embellissait tout, organisait des festins dans la grande île où elle nous invitait, avec Charles et Albine.

Je me souviens notamment d'une fête un soir de juin, l'un de ces soirs où le jour paraît ne devoir jamais finir. Je n'ai pas oublié la douceur de celui-là, le souffle tiède du vent, la splendeur de l'île sous le bleu pâle du ciel, et cette paix qui descendait sur l'eau, une paix comme on en ressent la caresse seulement quelques heures dans une vie. Paule avait accroché des paillettes aux feuilles des arbres, depuis la plage de galets où l'on accostait jusqu'à la cabane. Le vent les faisait scintiller dans la lumière finissante du soir et la cabane elle-même en était illuminée, à l'intérieur comme à l'extérieur.

Paule avait préparé ce soir-là un vrai repas, servi dans la meilleure vaisselle d'Albine. Elle était vêtue d'une longue robe rouge, portait aux poignets des bracelets d'argent que lui avait donnés Esilda. Nous étions dans son palais, disait-elle, un palais dont nous ne sortirions jamais. Elle prononçait ces mots avec une telle conviction que Charles lui-même riait, faisait semblant d'y croire. Paule y croyait vraiment. D'ailleurs, elle a toujours cru à ce qu'elle imaginait, et ce soir-là plus que jamais.

Après le dîner, elle a dansé à la manière d'une gitane, les bras arrondis au-dessus de la tête, en chantant des airs que lui avait appris Esilda. Nous avons fini par tomber sous le charme et nous avons tous dormi là, dans la cabane, sur des lits de fougères.

Juste avant de s'endormir, elle s'est glissée près de moi et m'a demandé :

– Alors, Bastien, tu es content ?

Je me demande souvent : comment peut-on être si

heureux et vivre autre chose ensuite, sans perdre tout courage ? Le monde était si beau ce soir-là, dans la nuit bleue d'où les étoiles étaient descendues jusque dans les branches des arbres pour mieux veiller sur nous, que ce seul souvenir m'a parfois consolé d'avoir perdu ces heures-là. Il m'est alors arrivé d'accrocher des paillettes autour de moi, mais elles n'ont jamais brillé de la même manière, car elles n'avaient pas été déposées par la main d'une sœur inventive et fantasque.

22

Une fois par an, le samedi qui suivait le 12 mai, date de leur anniversaire de mariage, Charles emmenait Albine à la ville, et jusqu'à ce que j'aie eu quatorze ans nous allions avec eux. C'était un court voyage, qui durait seulement une journée, mais nous y pensions très longtemps à l'avance, comme à une fête dont on espère beaucoup. La ville était une bien petite ville, mais sa rue principale comportait de nombreux magasins qui faisaient l'admiration d'Albine et de Paule.

Nous partions de très bonne heure, avant le jour, vers le village, Albine tenant au bras le sac à main qu'elle n'utilisait qu'à cette occasion-là, et Charles le panier de victuailles pour midi. Au départ nous ne parlions pas, puis Paule commençait à évoquer les robes des vitrines, les lumières des boutiques, les grands immeubles aux volets verts, les gens vêtus de façon élégante, avec des costumes, des chapeaux, des bijoux, et dont les gestes savamment étudiés se déployaient sur les trottoirs comme on joue au théâtre. Bientôt Albine lui faisait écho, et nous les écoutions, nous les hommes, rêvant au grand magasin de pêche situé sur la place du marché et dont les deux étages recelaient des trésors inépuisables.

La gare se trouvait à quatre cents mètres du village.

Nous y prenions le train, l'un de ces trains de campagne qui longeaient les petites routes, jadis, et que les voitures ont remplacés peu à peu, entraînant leur disparition. Nous nous asseyions face à face sur deux banquettes, soudain silencieux, et nous écoutions les conversations autour de nous, un peu inquiets de nous être aventurés si loin parmi les hommes. Albine souriait, mais Charles me semblait encore plus distant qu'à l'ordinaire, et je voyais bien que quitter la rivière était pour lui une épreuve. Pour moi aussi d'ailleurs, même si j'espérais de la journée quelques surprises heureuses.

Une demi-heure plus tard, nous arrivions à S. où, dès l'entrée de la ville, nous étions assaillis par la foule, car le samedi était jour de marché. Nous nous séparions, Albine et Paule partant de leur côté ; Charles, Baptiste et moi du nôtre, vers des boutiques où je savais que, par manque d'argent, nous ne satisferions pas totalement nos désirs. Mais nous pouvions rester deux heures dans le magasin de pêche, où Charles achetait le minimum pour l'année à venir, en hameçons, cordes de diverses épaisseurs, pour pêcher ou réparer les filets. Puis nous circulions entre les étals des marchands ambulants venus au marché vendre leurs outils ou leurs légumes. Les rues avoisinantes étaient encombrées de charrettes, de camionnettes, de chevaux, car ils étaient nombreux encore, à cette époque-là.

A midi, nous retrouvions Albine et Paule dans le grand foirail ombragé de platanes. Nous mangions sur un banc le pain coupé en tranches par Charles, les sardines, le saucisson et le fromage, puis la tarte aux pommes achetée par Albine. Je ne pense pas que la pluie ait assombri ces repas. Dans mon souvenir, lors de chaque journée à la ville, il a fait beau. Il m'arrive de chercher au mois de mai la couleur des rayons du soleil de ces moments-là, si chaude, si dorée qu'elle réchauffait même le pain, comme s'il venait de sortir du four. Mais je crois n'avoir pas revu l'éclat de ces rayons qui passaient entre les feuilles des platanes, sinon, parfois, trop rarement, dans quelques rêves où tous les miens sont encore près de moi.

L'après-midi, nous repartions dans les rues à l'aventure, tous ensemble cette fois. Nous descendions dans les ruelles basses où survivaient de petites échoppes de modistes, de cordonniers ou d'épiciers, puis nous allions jusqu'à la rivière qui était la même que la nôtre, mais vingt kilomètres en aval. Là, nous vérifiions qu'elle ressemblait bien à celle qui nous appartenait, comme pour nous approprier aussi cette ville qui nous semblait trop étrangère. Charles s'approchait de l'eau, la goûtait, se redressait, hochait la tête, et revenait vers nous en souriant.

Avant de repartir, nous parcourions encore une fois la grand-rue où, toujours à la même boulangerie, Albine nous achetait une glace : la seule que nous mangerions de l'année, mais d'une saveur que je n'ai retrouvée nulle part. Comme tous les gens de modeste condition, peu à l'aise en dehors de notre domaine, nous arrivions toujours très en avance à la gare, de peur de manquer le train. Nous attendions serrés les uns contre les autres, nos poches de provisions et nos paniers sur nos genoux, silencieux maintenant, sans doute pour revivre cette journée si différente de notre quotidien, une journée dont nous devions profiter toute l'année à venir.

Une fois au village, nous redescendions vers la rivière avec, me semblait-il, une grande hâte d'arriver, de mettre fin à cette escapade, comme si nous avions trahi quelqu'un. Charles marchait devant, pressait le pas. Albine et Paule avaient le regard rêveur, traînaient loin derrière. Le soir de mai apportait les premiers souffles tièdes du vent, et le ciel au-dessus de nous avait la couleur d'un duvet de grive. Je savais que, lors du repas du soir, personne ne parlerait et que chacun, prétextant la fatigue, irait se coucher tôt, mais ce serait pour mieux penser aux grands magasins pleins d'inaccessibles trésors.

Des années plus tard, quand je suis revenu vers la rivière, il m'a semblé les revoir tous les quatre serrés sur la banquette, leurs paquets sur les genoux, dans l'abri de la petite gare parallèle à la voie, et j'ai cru qu'il ne s'était rien passé. Un instant. Un instant seulement. Car la gare du village était désaffectée et la voie ferrée envahie par les ronces. On en trouve encore, de nos jours, quelques-unes de ces petites gares à l'avant-toit en frises rondes, qui survivent au temps bien qu'elles ne voient plus passer personne, sinon les avions supersoniques qui ébranlent chaque jour un peu plus leur crépi jaune ou gris.

Seul le monde de la rivière est demeuré le même, ou presque. Son isolement l'a préservé des misères du temps. Mais je sais que ces fêtes toutes simples me sont aujourd'hui interdites. J'ai découvert des villes trop grandes et les trains m'ont mené trop loin. Il n'y a plus que des ombres autour de moi pour me parler du temps où le pain, sous les platanes, avait le goût et la saveur des moments inoubliables.

23

A quatorze ans, j'ai quitté l'école pour travailler près de Charles et je l'ai suivi pour vendre le poisson de l'autre côté de l'eau. Je savais, pourtant, qu'il préférait être seul pendant ces moments-là, car il lui en coûtait de frapper aux portes pour demander si on voulait de ses poissons. Il devait faire un effort pour affronter les gens de la rive opposée, même s'il les connaissait bien. Il avait accepté ma présence uniquement par souci de ne pas me froisser et nous traversions alors la rivière en silence, les truites et les perches au frais dans l'herbe de nos deux grands paniers d'osier.

Une fois de l'autre côté, il fallait marcher pendant une demi-heure pour remonter vers les auberges de deux hameaux situés en amont. Là, habitaient ses meilleurs clients, qui lui passaient commande, souvent à l'occasion de fêtes ou de banquets. Je n'aimais pas le patron de l'auberge la plus éloignée – un gros homme vêtu d'un maillot de corps lie-de-vin – car je trouvais qu'il ne parlait pas à Charles avec suffisamment de respect.

– Fais voir, lui disait-il.

Je ne comprenais pas pourquoi il tutoyait mon père qui, lui, le vouvoyait.

– Ils sont de quand ? Pas de trois jours, j'espère.

– Mais non, vous savez bien : ce matin.

– Allez ! Donne-moi six truites puisque tu es là.

Ce ton de reproche et de mépris m'exaspérait d'autant plus que, lorsqu'il avait pris les poissons, le patron tardait à nous payer. Nous attendions dans la cuisine, immobiles, parfois deux ou trois minutes, avant que le gros homme ne daigne s'apercevoir de notre présence. Il se retournait alors brusquement, semblait s'étonner de nous voir là, s'exclamait :

– Ah ! oui, c'est vrai, tu veux tes sous !

Charles ne répondait pas. Il ne tendait pas la main, sinon au dernier moment, juste pour prendre les quelques pièces qu'il faisait aussitôt disparaître dans la poche droite de son pantalon. Il remerciait hâtivement, sortait sans serrer la main du gros homme. Une fois que nous étions repartis sur le chemin de la deuxième auberge, je disais à Charles :

– Je ne l'aime pas.

– Moi non plus, me répondait-il, mais que veux-tu ? Il m'en prend chaque fois.

Je lui en voulais un peu de cette sorte de soumission dans laquelle il vivait, mais je sais aujourd'hui que ce n'était pas de la faiblesse de sa part. Je crois qu'il se mesurait avec sa force : je veux dire qu'il aurait été capable d'un seul coup de poing d'écraser le gros homme, qu'il le savait, et que cela lui suffisait. S'il n'avait pas de colère, c'était parce qu'il avait fait son compte avec la vie. Il payait le prix d'une existence de liberté et, pour lui, c'était là l'essentiel.

La deuxième auberge était tenue par une vieille femme que l'on appelait Angelina, et qui, au contraire du gros homme, personnifiait la bonté même. Son auberge était toujours pleine, car elle faisait facilement crédit. Il y avait là beaucoup d'ouvriers qui, avec le plat du jour, étaient sûrs de manger et de boire à volonté. Elle aussi tutoyait Charles, mais ce tutoiement ne me choquait pas : il était affectueux, car elle l'avait connu enfant, quand il venait avec son père porter ses poissons.

– Tiens, mange un morceau ! lui disait-elle, une fois dans la cuisine, poussant vers lui une assiette de charcuterie.

– Et toi aussi, bien sûr, ajoutait-elle en posant sur moi ses yeux verts, bordés de longs cils.

Nous mangions rapidement sur un coin de table, puis nous repartions réconfortés, et Charles me disait :

– Tu vois, ils ne sont pas tous pareils.

C'était vrai des auberges comme des fermes que nous visitions. Certains nous accueillaient avec le respect qui me paraissait indispensable, et d'autres beaucoup moins. Le plus difficile était de se faire payer. Non qu'ils fussent avares, mais ils n'étaient pas riches, et ils regrettaient sans doute de n'avoir pas le temps d'aller eux-mêmes pêcher les poissons.

Pour la plupart, ces paysans disaient à Charles, comme aux commerçants en tournée :

– Marquez ! On payera à la fin du mois.

Charles sortait un petit carnet et notait succinctement la somme à la page où figuraient les noms classés de façon alphabétique, car il savait à peine lire et compter. C'était Albine qui tenait les comptes. C'était donc elle qui lui rappelait que tel ou tel n'avait pas payé en fin de mois. Mais Charles n'aimait pas réclamer. Il fallait vraiment qu'il y eût du retard pour qu'il s'y décidât, et c'était pour lui une corvée. Depuis un incident survenu un été, je ne le suivais plus, ces jours-là. Je n'avais pu oublier ce matin où un père de famille lui avait dit :

– Tu t'es trompé. Nous avons payé.

Charles avait consulté son carnet, et, devant tant de mauvaise foi, n'avait su que répondre. Il était parti, et, au retour, avait simplement dit à Albine qu'il ne reviendrait plus chez ces gens. Ce qui l'avait le plus blessé, ce n'était pas de ne pas recevoir son argent, mais qu'on ait pu l'imaginer malhonnête, capable de se faire payer deux fois. Or l'honnêteté, comme l'humilité, faisait partie intégrante de sa vie, sans doute aussi de sa force.

Plus j'ai grandi et moins je l'ai suivi dans ses tournées. J'ai compris qu'il souffrait d'avoir à affronter des humiliations devant son fils, même s'il n'a jamais osé me le dire, et je regrette aujourd'hui de l'avoir accompagné si souvent. Elles ternissaient quelque peu l'éclat de notre rivière en faisant entrer dans notre domaine les laideurs du monde extérieur. Nous en parlions le moins possible, habitués que nous étions à refuser ou à minimiser tout ce qui ne participait pas au bonheur des jours. Mais il restait parfois des traces qui mettaient plusieurs jours à disparaître, et c'étaient autant de nuages sur la clarté de nos vies.

24

Au fur et à mesure que j'ai grandi, que je suis devenu un homme, j'ai constaté qu'Albine me considérait avec une sorte de stupéfaction. Je crois qu'elle se demandait comment l'enfant qu'elle avait mis au monde pouvait changer à ce point, devenir aussi grand que son mari.

– Bastien, me disait-elle, pourquoi grandis-tu si vite ? Es-tu donc si pressé de me voir de haut ?

Elle avait, j'en suis sûr, la prémonition que les portes de notre domaine s'ouvriraient bientôt et que rien ne serait plus comme avant. Elle savait intimement qu'elle était impuissante contre le destin en marche, mais elle n'avait pas pour autant renoncé à se battre, à préserver ce que nous étions intimement, ce que nous vivions. Elle agissait de façon à nous éviter tout contact avec les autres, et, en ce qui me concernait plus directement, avec les filles de la rive d'en face. Elle ne voulait pas que le meilleur de notre existence s'écroule subitement.

Moi, je n'y songeais pas une seconde. J'avais obtenu ce que je voulais : travailler avec Charles, vivre sur l'eau, demeurer dans la vallée heureuse. Et, de fait, ces années-là m'ont vraiment apporté ce que j'en espérais. J'entretenais fidèlement le souvenir d'Esilda et de ses frères, même s'ils continuaient de s'éloigner. Je me jurais de partir un jour à leur recherche, et je ne doutais pas que je les retrouverais. Mais il était trop tôt, encore, car je savais que Charles, et surtout Albine, avaient besoin de moi.

Quand Baptiste eut passé le certificat d'études, il voulut partir en mer, mais il était trop jeune, et Charles s'y opposa.

– Tu feras ce que tu voudras quand tu seras majeur, lui a-t-il dit. En attendant, tu resteras avec nous.

Albine en fut soulagée, malgré les difficultés à vivre avec, pour seule ressource, la vente des poissons. Contre cet argument-là, qu'avait fini par soulever Baptiste, elle avait aussi trouvé une réponse :

– Nous avons vécu ainsi jusqu'à aujourd'hui, nous pourrons bien vivre de la même manière pendant quelques années encore.

Dès lors, pourtant, j'ai compris qu'elle avait engagé un combat contre l'irrémédiable. Elle s'est évertuée à ce que rien ne change, s'opposant à ce qui, de l'extérieur, pouvait devenir une menace. Charles, lui, se montrait encore plus silencieux qu'auparavant. Je sentais qu'il se demandait comment nous allions pouvoir continuer à vivre ainsi, et son regard devenait plus pensif, même sur l'eau.

Un matin, je me souviens d'être revenu à l'improviste de la rivière et d'être entré dans la maison sans bruit. Il m'a semblé alors entendre pleurer dans la chambre du bas, celle d'Albine et de Charles. Je me suis approché et j'ai découvert Albine assise face à son miroir, la tête dans ses mains. Elle s'est redressée brusquement en entendant des pas derrière elle et n'a pas eu le temps d'essuyer les larmes sur ses joues. Elle a ri, cependant, en m'apercevant, car elle a craint de m'avoir effrayé.

– Bastien, que fais-tu là ? m'a-t-elle demandé.

– Je suis venu chercher la goujonnière. Il y en a un banc dans le chenal du bas.

– Tant mieux ! Nous en mangerons ce soir.

Je suis resté un long moment debout devant elle, et ses yeux, pour la première fois, se sont baissés, n'ont pas osé affronter les miens. Je lui ai demandé ce qui se passait et elle m'a fait signe d'approcher.

– Regarde, a-t-elle dit, ce sont les premiers.

Sur la table de toilette, il y avait deux cheveux blancs. J'ai senti quelque chose se nouer en moi et je lui ai dit, très vite, pour éviter qu'elle ne parle :

– Ce n'est pas bien grave quand on est blonde comme toi.

Elle a eu alors un regard d'une douleur infinie, puis elle a dit d'une faible voix :

– Mais ce n'est pas pour moi que j'ai peur, Bastien, c'est pour nous.

Je me suis approché davantage et je l'ai prise par les épaules pour l'aider à se lever. Elle s'est laissée aller contre moi comme elle le faisait, parfois, avec Charles, quand ils se croyaient seuls, et j'ai compris vraiment, ce jour-là, que j'étais devenu un homme. J'ai essayé d'en rire, et, la tenant à bout de bras, je lui ai dit :

– Tu n'as jamais été aussi jeune et aussi belle.

Elle a feint d'en rire elle aussi, et je me suis éloigné sans plus attendre, car je savais qu'il ne fallait pas s'attarder dans ces parages. Quand je suis arrivé à la porte, elle m'a rejoint, m'a pris le bras et m'a dit :

– Bastien, il faut m'aider, tu sais.

J'ai répondu :

– Ne t'inquiète pas. Je suis là.

Et je suis parti très vite, pour ne pas voir ses yeux qui, de nouveau, sans qu'elle y puisse rien, s'étaient remis à briller.

A partir de ce jour, j'ai coupé les seuls liens qui, parfois, me reliaient au monde de la terre, et je ne suis plus allé aider aux foins et aux moissons. Chaque fois que je l'ai pu, j'ai retenu Baptiste, qui songeait toujours à partir. Il s'en allait d'ailleurs une fois par an pour revoir l'océan. Il en avait besoin, c'était vital pour lui, mais il revenait toujours, comme il l'avait promis.

Pendant ses absences, je disais à Albine, persuadé que si je retrouvais Esilda, elle viendrait habiter avec moi près de la rivière :

– Ne t'en fais pas : moi, je ne m'en irai jamais.

– Je sais, Bastien, répondait-elle.

Mais elle sentait le moment approcher où elle ne pourrait plus éviter ce qu'elle redoutait depuis toujours.

Afin de prendre plus de poissons, Baptiste et moi nous sommes mis à pêcher la nuit au fanal, une pêche qui était interdite. Je me souviens de cet été si chaud, quand les poissons se tordaient au bout de la fouenne après avoir été aveuglés par la lumière, ou lorsque les anguilles claquaient contre nos bottes, comme des serpents. On entendait la terre boire le long des rives, les carpes se glisser dans les osiers, les feuillages respirer l'air tiède de la nuit. Avec Baptiste, nous étions comme fous, saisis d'une fièvre qui nous laissait exténués au matin, des écailles sur nos jambes, sur nos bras, jusque sur nos visages.

Charles n'a pas pu le supporter longtemps. Un

matin, alors que nous rentrions avec, chacun, un sac plein sur le dos, il s'est dressé devant nous et a dit :

– Les vrais pêcheurs ne braconnent pas. J'ai réfléchi : je sais ce que nous allons faire.

Il a pris, vers l'aval, une concession qui venait de se libérer. Nous avons eu, ainsi, cinq kilomètres de rivière à pêcher, mais pour pouvoir payer le loyer il nous a fallu travailler davantage encore. Cela nous importait peu, puisque nous n'étions vraiment heureux que sur l'eau.

A partir de ce moment-là, nous n'avons plus vu le temps passer, car nous avons trouvé le moyen de pêcher en hiver les anguilles, les perches et les brochets avec, comme appâts, les ablettes dont nous faisions provision pendant l'été. Nous fabriquions pour cela une immense corde, avec un hameçon tous les cinquante centimètres, et nous la faisions descendre dans les grands fonds où se tenait le poisson en attendant le printemps. Ainsi, le monde dans lequel nous vivions s'est agrandi, et le temps s'est mis à couler en endormant ma méfiance et celle d'Albine.

Ces années demeurent dans ma mémoire comme un bouillonnement d'odeurs, de parfums, de contact permanent avec les poissons, mais aussi avec la rivière et les îles où, parfois, l'après-midi, épuisés, nous nous endormions dans l'ombre des sycomores qui, vers l'aval, étaient plus nombreux que les aulnes ou les frênes. Car nous nous levions tôt pour préparer les filets et les cordes, et nous nous couchions tard, après la dernière levée, ivres de ciel, d'eau, d'espace et de ce soleil qui, même l'hiver, continuait d'éclairer merveilleusement notre domaine.

Nous nous sommes alors à peine aperçus que Paule,

aussi, avait grandi. Elle n'était plus une enfant depuis longtemps, mais comme elle était plus jeune que nous, nous avons cru, sans doute, qu'elle ne grandirait jamais. Et pourtant elle était si belle que, lorsqu'elle apparaissait, nous avions l'impression qu'elle faisait pâlir la lumière du jour.

25

Ainsi, plus ce monde est devenu grand, et plus il est devenu difficile à défendre. Rien ne nous indisposait plus, je l'ai dit, qu'une présence étrangère, surtout l'été, quand passaient des canoës, comme une certaine mode en était venue, après la guerre. Les pagayeurs ne s'arrêtaient guère, mais quelques-uns, parfois, accostaient sur les îles pour quelques haltes naturelles. Aussitôt, nous les surveillions, contrariés de voir profaner notre royaume. Et quand il leur prenait l'idée de dresser une tente et de passer la nuit sur une île, nous y dormions aussi, Baptiste, Paule et moi, pour témoigner de notre présence et de notre réprobation.

– Il faut bien qu'ils dorment quelque part, disait Charles, qui, lui, ne montrait jamais d'hostilité envers qui que ce soit.

Mais il guettait lui aussi, car ces présences dérangeaient les poissons et il devait en tenir compte. Il craignait pour nos filets, pour nos nasses, nos cordes, et il n'avait pas tort, car certains, parfois, disparaissaient.

C'est comme ça que tout est arrivé, un été, à la mi-août. Il avait fait une chaleur accablante, et l'orage menaçait au loin, au-dessus des collines. Un soir, vers six heures, un bateau a accosté, conduit par un homme seul, grand, fin, avec un visage très brun, la peau brûlée par le soleil. C'est Paule qui l'a vu la première s'arrêter à la pointe de l'île.

– On dirait Manuel, nous a-t-elle dit.

Avec Baptiste, nous avons compris qu'il allait se passer quelque chose, car elle ne lui a pas demandé de partir. Elle avait à peine dix-sept ans mais elle attendait depuis trop longtemps. L'homme est resté trois jours. La dernière nuit, elle l'a rejoint dans sa tente, du moins il me le semble. Quand il est reparti, elle l'a suivi.

Nous nous en sommes aperçus le lendemain, tard dans la matinée. Elle avait laissé un mot dans sa chambre qui disait à peu près ceci : « Je ne pourrai pas vivre sans lui. Je le suis. Je sais que vous ne m'en voudrez pas parce que vous ne souhaitez pas me voir malheureuse. Ne me cherchez pas. Quand vous penserez à moi, dites-vous simplement : elle est heureuse. »

Charles et Albine ont été anéantis par cette découverte : c'était comme si, brutalement, le monde avait changé de couleur. Baptiste et moi un peu moins : nous savions de quoi notre sœur était capable. Après avoir hésité, nous avons tous décidé, y compris Albine, de ne pas rechercher Paule, de la laisser vivre la vie qu'elle avait choisie. Nous ne sommes pas partis à sa poursuite, et nous avons eu tort. Elle n'était pas armée pour affronter un autre monde que celui dans lequel elle avait vécu. Mais nous l'aimions trop pour agir en quoi que ce soit contre sa volonté.

Ainsi se décide le destin des vivants. Il suffit de peu de chose. D'un bateau, d'une nuit, d'un visage entrevu et l'on comprend que rien, jamais, ne sera plus comme avant.

26

Ce fut le cas, dans la maison près de la rivière. Charles s'est enfermé de plus en plus sur lui-même. Sans doute essayait-il de comprendre les raisons de ce qui venait de se passer, mais il ne les trouvait pas et il en souffrait. Albine aussi, bien sûr. Elle a pris l'habitude de s'installer à sa couture le matin, face au chemin de la rivière et, l'après-midi, face à celui qui menait au village. Elle soupirait, mais ne se plaignait pas. Baptiste et moi nous avons décidé de faire confiance à Paule malgré ce qu'il fallait bien appeler une trahison. Ensuite, il a été trop tard pour agir.

D'ailleurs, je devais moi aussi quitter la rivière et bientôt partir au service militaire. J'étais déchiré, malheureux, mais comment faire autrement ? Se cacher toute sa vie ? J'aimais trop la liberté. Il n'y avait pas d'autre issue que d'accepter d'en être privé pendant quelques mois pour ne pas la perdre tout entière. C'est ce que j'ai résolu de faire, et, pour ne pas risquer de moisir dans une caserne où je me sentirais prisonnier, je me suis porté volontaire pour partir en Indochine. Le Mékong ouvrait autant d'échos en moi que l'océan pour Baptiste, mais je n'en avais jamais parlé à personne. Comme Albine s'alarmait de ma décision, je lui ai dit :

– Quitte à partir, à quitter la rivière, je veux au moins que ça serve à quelque chose. Là-bas, je ferai des photographies, tu sais, comme celles que tu regardais tant. Dès que je reviendrai, je te les montrerai et je te raconterai. Tu verras, ce sera exactement comme si tu y étais allée.

Je n'ai pas hésité car la France venait de signer des accords qui garantissaient une grande autonomie au Viêt-nam. Je m'étais renseigné au village et j'avais acheté des journaux qui traitaient du sujet. Les troubles, là-bas, venaient pratiquement de cesser. Il n'y avait certainement pas un grand danger à partir pour le pays des rêves d'Albine. Sans le vouloir, sans mesurer à quel point sa fascination m'avait touché, elle m'avait donné une envie folle de le connaître. C'est pourquoi je me suis engagé sans la moindre appréhension, persuadé que, si les troubles reprenaient, je survivrais à la manière de Charles qui était sorti indemne de la guerre. Il était revenu sans avoir tiré un coup de fusil, sans la moindre blessure, comme si rien ne s'était passé. J'étais certain qu'il en serait de même pour moi.

Ce fut vrai, du moins en partie. Le voyage a duré longtemps, très longtemps, mais je ne me suis pas ennuyé sur le bateau car tout ce que je voyais m'était découverte. Après un mois à Saigon, j'ai été affecté à la petite garnison qui gardait l'entrée du fleuve Rouge, dans le Nord-Viêt-nam, près de Nam Bihn. C'était un gros village peuplé de paillotes et de paysans-pêcheurs. Nous disposions d'une canonnière rapide qui n'a jamais tiré un coup de canon et de deux sampans munis de moteurs qui démarraient difficilement. Pour améliorer l'ordinaire, avec l'autorisation de mon lieutenant je pêchais au filet dans les eaux limoneuses du grand fleuve, sous des ciels jaunes, d'une infinie douceur, et dormais sur le pont, la nuit, dans le chant des crapauds-buffles et des martins-chasseurs à colliers blancs.

J'y suis resté un an, jusqu'à ce que la guerre reprenne vraiment. Le désastre de Cao Bang et l'évacuation de Lang Son ont provoqué le repli de l'armée française qui s'était battue en vain dans les forêts des hauts plateaux. Nous, sur le fleuve Rouge, nous n'avions rien vu. Les nouvelles nous parvenaient seulement par nos officiers, qui se désespéraient de ne pas en découdre avec Hô Chi Minh. Après trois mois de halte dans le voisinage de Danang, nous avons été repliés sur My Tho, tout en bas, dans le delta du Mékong, où nous remplissions plutôt des opérations de police parmi les sampans du fleuve. Lors de la montée vers la Chine et au cours du voyage de retour, j'ai découvert des rizières, des forêts, des villages aux ruelles envahies par les volailles et les porcs, mais surtout égayées par de très beaux enfants qui vivaient nus, une population travailleuse et souriante, près de laquelle je me sentais bien. Là, j'ai eu tout loisir de prendre les photographies promises à Albine et je ne m'en suis pas privé.

Le temps m'a paru long, souvent, mais à la fin je vivais sur ce Mékong qui m'avait tant fait rêver, loin de la guerre, loin des combats du Nord-Laos et de la frontière de la Chine. J'ai pu nouer des liens de confiance avec les pêcheurs du coin qui m'avaient tout de suite reconnu comme l'un des leurs, les aider, leur apprendre ce que je savais de la pêche et recueillir leur expérience. J'ai alors compris que la chanson de l'eau est la même partout et que tous les hommes des fleuves se ressemblent. Il me suffisait de fermer les yeux pour me croire sur les berges de ma rivière, loin des pilotis du delta.

27

Quand je suis revenu, j'avais changé, bien sûr, car j'avais découvert des grands espaces, des forêts, des rizières et des fleuves immenses. En comparaison, ma rivière m'a paru bien petite mais toujours aussi belle. Charles, Albine et Baptiste m'attendaient. J'ai montré les photos du Viêt-nam à ma mère mais elles l'intéressaient moins qu'avant, car elle ne pensait plus qu'à sa fille. Paule avait régulièrement donné de ses nouvelles, surtout au début, mais, depuis quelques mois, plus du tout. Sa dernière lettre, postée à Paris, laissait apparaître une grave blessure dont il était évident qu'elle souffrait terriblement.

Alors, forts de l'accord de Charles et d'Albine, nous sommes partis, Baptiste et moi, et nous l'avons cherchée pendant des semaines, à Paris et en banlieue. Nous n'avons trouvé aucune trace d'elle et nous sommes rentrés avec une sensation désagréable au fond de nous. Peu après notre retour, une lettre est arrivée de la mairie de Conflans-Sainte-Honorine : Paule avait été retrouvée morte sur la rive gauche de la Seine, dans un état si pitoyable qu'elle avait dû être enterrée aussitôt dans le cimetière de cette ville. Le bureau d'enquête de la mairie avait retrouvé sa famille, c'est-à-dire nous, ses deux frères, son père et sa mère, après bien des recherches, et se tenait à notre disposition pour nous indiquer le lieu exact de sa sépulture.

Nous sommes partis tous les quatre un matin pour aller nous recueillir sur sa tombe, Charles soutenant Albine de toutes ses forces. Ce fut un terrible voyage, durant lequel nous n'avons pas pu prononcer le moindre mot. Nous ne sommes pas restés longtemps dans le cimetière inconnu, où la tombe de Paule se trouvait contre un mur gris, avec une simple croix, sans la moindre fleur, à même la terre. Du cimetière, on apercevait la Seine, en bas, et j'ai pensé que Paule était venue vers ce fleuve comme vers un ultime refuge, cherchant vainement un soutien, portée par le souvenir d'un bonheur ancien.

A la sortie, nous sommes allés, Charles et moi, à l'hôtel de police, mais Albine n'a pas voulu nous suivre. Elle est restée avec Baptiste, à nous attendre, dans un café voisin. L'officier chargé de l'enquête nous a dit qu'il avait conclu à un suicide, car Paule ne présentait sur son corps aucune blessure apparente. Ensuite, nous sommes partis et nous avons passé la nuit dans un petit hôtel de la ville, très inquiets pour Albine qui ne cessait de trembler.

Charles avait sur le visage une expression que je ne lui avais jamais vue : une sorte de stupeur douloureuse et glacée. Baptiste s'était enfermé dans un silence hostile. Je crois bien qu'aucun de nous n'a pu trouver le sommeil durant cette nuit-là, qui demeure la pire de ma vie. Nous sommes rentrés par le train le lendemain matin, toujours muets, accablés, incapables de prononcer le moindre mot à son sujet. D'ailleurs, pendant les mois qui ont suivi, personne n'a osé parler d'elle.

Peu après, Baptiste est parti à son tour au service

militaire, dans la marine, comme moi, mais à Rochefort. Malgré tout ce qui évoquait douloureusement Paule sur les berges de notre rivière, je n'ai pas eu le cœur de laisser Charles et Albine seuls. Ils se montraient très courageux, mais je voyais bien que le remords les rongeait. Ils auraient voulu comprendre vraiment ce qui était arrivé. C'était pourtant simple. L'homme au visage de loup n'était qu'un vulgaire malfrat, mais Paule l'aimait. Elle était trop entière, trop sincère, trop innocente comme nous l'étions tous pour accepter la réalité du monde et la véritable identité de celui qu'elle avait élu. Elle avait lutté quelque temps pour survivre, avant de sombrer dans le désespoir. Et puis la rivière et la grande île avaient dû lui manquer beaucoup. Sa fragilité avait fait le reste.

Charles n'ouvrait plus du tout la bouche. Albine, elle, ne cessait de s'interroger, tournait en rond, devenait folle.

– Mais pourquoi n'est-elle pas revenue ? se lamentait-elle. Pourquoi ne nous a-t-elle pas appelés au secours ?

Je répondais :

– Elle ne le pouvait pas.

– Pourquoi ? insistait Albine.

– Parce qu'elle en était empêchée.

– Par qui ?

– Par celui qu'elle a suivi, bien sûr. Tu le sais : les policiers nous ont confirmé que c'était un homme violent et dangereux.

– Non, je ne crois pas, disait Albine. Je crois surtout qu'elle l'aimait tel qu'il était et qu'elle n'a pas pu le quitter.

Ces discussions s'éternisaient, la faisaient souffrir encore plus. Un soir, n'y tenant plus, je lui ai dit :

– Faisons comme si elle vivait ailleurs, très loin, et comme si nous devions la retrouver un jour.

Elle m'a répondu :

– J'essaye, Bastien, mais je ne peux pas.

Elle a ajouté, d'une voix brisée :

– Tu vois, c'était ma fille, elle est sortie de moi, je croyais la connaître et ce n'était pas le cas. C'est de cela que j'ai peur aujourd'hui : je me demande si je connais vraiment Charles et si je te connais, toi, Bastien.

– Tu sais, ce qui compte, c'est de l'avoir laissée vivre ce qu'elle souhaitait. C'est la seule manière d'aider ceux que nous aimons.

– Tu le crois sincèrement ?

– J'en suis persuadé.

Cette ultime conversation a fait du bien à Albine, du moins pendant quelque temps. Puis le chagrin l'a rongée peu à peu, et elle s'est fanée, comme une fleur privée d'eau. Malgré nos paroles, nos efforts pour l'aider, elle s'est mise à dépérir. Charles et moi, nous avons tout fait pour la sauver : nous nous sommes relayés auprès d'elle sans jamais la laisser seule, nous l'avons emmenée avec nous sur la rivière, accompagnée au village, avons tenté de renouer le lien qui s'était rompu avec la vie. Il y a eu des hauts et des bas : parfois Albine réagissait à nos paroles, parfois elle paraissait ne plus nous entendre. Peut-être Baptiste, s'il avait été là, aurait réussi à la secourir. A la réflexion, je ne le crois pas. Albine avait été trop proche de sa fille. Elles se ressemblaient beaucoup, je le savais depuis toujours. Charles, quelquefois, se sentant coupable, me disait :

– Si je n'étais pas resté à distance, si je ne l'avais pas tant admirée, aujourd'hui, peut-être, je serais capable de la sauver.

Je m'efforçais de le déculpabiliser, de lui montrer que vraiment nous ne pouvions pas faire plus, qu'il y a des événements qui nous laissent impuissants. Nous avons même trouvé en nous une force que nous ne soupçonnions pas, à l'orée de ce qu'il faut bien appeler la folie. Cependant, malgré tous nos efforts, notre courage mis en commun, Albine n'a pas pu survivre longtemps à sa fille. Six mois seulement. Souvent la douleur est insupportable à ceux qui sont trop fragiles.

Charles et moi, écrasés de chagrin, nous l'avons accompagnée jusqu'au petit cimetière du village, vers une tombe creusée entre des marguerites blanches. Ensuite, nous avons essayé de recommencer à vivre du mieux que nous l'avons pu. Nous sommes restés ensemble quelque temps. Charles ne me parlait toujours pas. Nous allions pourtant sur la rivière tous les deux, nous partagions le pain, le temps et la douleur, mais son esprit était tourné vers autre chose et il ne me voyait pas. Je crois qu'il cherchait dans ce monde paisible des signes d'une permanence secourable. Peut-être des preuves que la vie est plus forte que la mort. Je le voyais redresser la tête à un rayon de soleil entre les nuages, à une éclosion de campanules sur le talus, à un vol d'éphémères au-dessus de l'eau.

– Elles ne vivent que quelques heures, m'a-t-il dit un soir en me désignant du doigt un petit nuage d'insectes gris qui dansaient dans la lumière.

Puis il s'est tu. J'ai cru déceler dans ces quelques

mots une sorte de consolation, comme si l'essentiel, peut-être, était ailleurs que dans notre courte vie terrestre.

– C'est pour cette raison qu'elles sont si belles, a ajouté Charles.

J'ai eu l'impression qu'il souriait. Je crois qu'il avait trouvé une ressemblance entre la beauté fragile des insectes, des fleurs, et celle de tous les êtres vivants. Elle le rassurait, un peu comme si nous étions les fruits de la même création, et donc destinés à renaître chaque printemps.

28

La vie des hommes est ainsi : à des années de grand soleil succèdent des jours et des jours de terribles tempêtes dont les blessures ne s'effacent jamais. Il m'a semblé alors que je ne pourrais pas vivre sur ces décombres-là, car ils entretenaient la douleur au lieu de l'endormir. Seul Charles était assez fort. Moi, je ne le pouvais pas. J'ai vraiment fait tous les efforts nécessaires, mais rien n'a pu me faire oublier ce qui avait si bien embelli ma vie, au temps des premiers rayons du soleil, de ses premières caresses. J'ai lutté pour ne pas repartir, ne pas laisser mon père seul, mais souvent il me semblait qu'Esilda m'appelait. Comme ses frères, elle n'avait jamais quitté mon esprit : ils se manifestaient par des mots, des chants, des images, qui, chaque fois, me ramenaient vers un printemps superbe mais trop bref.

Avec mes quelques économies, j'ai acheté une bicyclette et une toile de tente et je suis parti sur les routes dans l'espoir de les retrouver. Je suis naturellement descendu vers les Pyrénées, dont ils m'avaient parlé, souvent, comme d'une région où ils séjournaient le plus longtemps possible à cause de sa proximité avec l'Espagne. Chaque jour qui passait, j'avais la conviction de me rapprocher d'eux. Je m'arrêtais dans les villages, travaillais ici et là pour gagner quelque argent, mais je me nourrissais surtout de fruits et de poissons que je pêchais dans les rivières. Je trouvais en général un bon accueil dans les fermes isolées ou sur les places des villages. Les gens reconnaissaient à mes gestes, à ma voix, à mes mains, quelqu'un qui savait travailler comme eux et ne représentait pas une menace.

J'ai fait la découverte de tout le sud de la France en moins d'une année et en apprenant à aimer ce qui n'avait jamais fait partie de mon univers : des champs, des prés, des ponts, des ruisseaux, des rivières et des villages inconnus. Porté par un espoir qui ne faiblissait pas, j'ai traversé des forêts, des vallées peuplées, des causses déserts, des villes énigmatiques, des vallons secrets, des collines boisées et des plaines immenses.

J'ai trouvé des gitans un peu partout, mais je devinais dès mon arrivée que les roulottes n'étaient pas celles de Manuel et de sa sœur, car celles-là, je les aurais reconnues aussitôt. Les gens du voyage m'offraient de partager leur repas au cours duquel je pouvais les questionner à ma guise, mais sans succès : aucun de ceux que j'ai rencontrés ne connaissait la famille de Manuel et d'Esilda.

Alors je repartais, pas du tout découragé, sachant très bien que je ne pouvais pas réussir si rapidement dans mes recherches. Je visitais trois ou quatre villages par jour. Mon cœur s'emballait chaque fois que j'apercevais des roulottes ou des chevaux en train de brouter l'herbe d'une place. J'ai fait connaissance avec des étameurs, des rempailleurs, des vrais gitans dont les femmes étaient aussi belles les unes que les autres, des gens du cirque : en fait tous ceux qui font de leur vie un voyage sans fin.

L'hiver venu, je suis tombé malade et j'ai été recueilli dans un petit cirque où j'avais travaillé la semaine précédente à monter et démonter le chapiteau. Quand j'ai été guéri, je suis resté avec eux, pensant que c'était le plus sûr moyen de ne manquer aucun village, aucun bourg, de vivre au même rythme qu'Esilda et Manuel. Il y avait là une vieille femme – la mère du patron – qui lisait les signes de la main. Je suis allé la trouver un soir dans sa roulotte et je lui ai demandé si elle pouvait deviner où vivait celle que je cherchais. Elle a mis longtemps à me répondre. Puis ses yeux se sont levés sur moi et elle m'a dit :

– Je ne la vois pas.

– Elle s'appelle Esilda. Elle vit avec ses frères. Ils sont étameurs mais font aussi des paniers.

– Je ne la vois pas, a-t-elle répété en me fixant de ses yeux noirs ourlés de bleu.

– Si elle est morte, il faut me le dire.

La vieille a soupiré plusieurs fois, puis elle a murmuré, tout bas :

– Elle n'est pas morte, mais elle est loin, très loin.

– Dans un autre pays ? En Espagne ?

– Non, plus loin.

– Mais où ?

– Je ne sais pas.

– Et son frère, Manuel ?

La vieille a repris ma main, l'a observée longtemps, puis elle a répondu, avec lassitude :

– Il vit près d'elle.

Je lui ai alors demandé si je les retrouverais un jour.

– Bien sûr que tu les retrouveras, m'a-t-elle dit, avec, pour la première fois, un sourire.

– Quand ?

– Quand il le faudra.

– Mais comment pourrais-je les retrouver si je ne sais pas où ils sont ?

– Fils, tu sais très bien où ils sont. Je ne peux rien te dire de plus.

Dans les jours qui ont suivi, j'ai quitté le cirque et je suis reparti seul, poursuivant ma route avec le même espoir, mais sans plus de réussite. Alors je suis rentré chez moi pour savoir si Manuel et Esilda n'étaient pas revenus ou s'ils n'avaient pas envoyé un message. J'y ai rencontré Baptiste, de retour du service militaire, qui était venu revoir Charles avant de partir vers la vie dont il rêvait. Quand je lui ai demandé ce qu'il comptait faire, il m'a répondu d'une voix où perçait une grande résolution :

– Travailler pour m'acheter un bateau de pêche.

– Où donc ?

– En Bretagne.

– Et Charles ?

– Il est bien ici. Il m'a dit que je pouvais partir.

Notre père avait jugé qu'il était, seul, assez fort pour veiller sur les débris d'un bonheur magnifique. Ainsi, nous sommes repartis, Baptiste et moi, tous les deux en même temps. Nous avons eu du mal à nous quitter, mais nos routes se sont finalement séparées à Bordeaux, sur un quai désert.

– Tu sais, Bastien, m'a-t-il dit en m'embrassant, ne crois pas que j'ai oublié quoi que ce soit de ce que nous avons vécu. Je l'emporte avec moi.

Il a ajouté, en s'écartant un peu :

– J'ai envie d'îles blanches. Je sais qu'il y en a là-haut, dans le Grand Nord. C'est là que j'irai naviguer.

Je suis reparti, seul, déchiré, malheureux, mais bien

décidé à parvenir au terme de mes recherches. Cette errance a duré deux ou trois ans, je ne sais pas exactement, parce que j'avais perdu la notion du temps. Je me disais qu'il était impossible que je ne trouve pas d'indices, de traces du passage d'Esilda et de Manuel quelque part. Enfin, une nouvelle année plus tard, épuisé, j'ai dû m'arrêter. Je me suis consolé en me disant qu'Esilda me recherchait sans doute elle aussi et je suis revenu près de la rivière où j'ai retrouvé Charles, mais nul n'avait donné signe de vie.

Les jours et les semaines qui ont suivi ce retour ont été douloureux. J'ai eu l'impression que Manuel et Esilda étaient perdus à tout jamais. Ils n'avaient eu d'autre destin qu'éclairer quelques jours de ma vie. C'était ainsi. Sans doute Esilda était-elle mariée, à présent, non pas à un étranger mais à un homme de la grande famille des gens du voyage. C'est ce que m'a confirmé une lettre de Manuel qui est arrivée enfin, portant un cachet illisible car mouillé par la pluie, alors que je ne l'attendais plus. Il m'annonçait qu'elle n'était plus libre, qu'il fallait l'oublier, que je n'entendrais plus jamais parler d'eux. Il ne donnait pas d'adresse, je ne saurais pas où ils se trouvaient.

La lettre se terminait par ces mots qui m'ont rappelé les paroles étranges de Manuel, ce printemps-là : « Souviens-toi, Bastien, que la vraie vie est en nous. C'est pourquoi rien n'est perdu, jamais. Tout continue de vivre. Il suffit d'attendre. »

29

Il m'a semblé que je n'irais jamais assez loin, que rien ne serait jamais assez grand ni assez beau pour me donner la force d'oublier le passé et de reconstruire ce qui pouvait l'être encore. Un continent assez vaste pour que je m'y perde, que je cesse de penser à ce qui n'était plus. Je me suis embarqué pour l'Amérique, le Québec exactement, où j'ai tenté de vivre pendant de longues années. J'y suis parvenu, au bord des fleuves, des forêts d'épinettes, des grands espaces vierges où le temps, l'hiver, s'arrêtait.

Là, il m'a semblé comprendre ce qu'avait voulu me dire Baptiste au moment de me quitter, sa quête d'une île blanche. Moi aussi j'avais trouvé un pays blanc, où, loin des villes, j'entretenais le contact avec le monde, ce lien qui était indispensable à l'oubli.

J'ai beaucoup voyagé, depuis le Saint-Laurent jusqu'au lac Saint-Jean, depuis la Saguenay jusqu'à la baie James. J'ai découvert des villes pittoresques : Trois-Rivières, Chicoutimi, Joliette, Rivière-du-Loup ; des villes où, chaque fois, j'ai cru pouvoir m'installer. J'ai commencé à travailler sur les rives du lac Saint-Jean, avec des pêcheurs aussi rudes que les hivers de là-bas. Mais comme je gagnais peu d'argent, juste de quoi vivre, depuis le lac Saint-Jean j'ai remonté la rivière Péribonca, puis, l'année d'après, la rivière aux Outardes et j'ai travaillé dans les coupes de bois que l'on flottait jusqu'au Saint-Laurent. L'hiver, je redescendais vers Trois-Rivières où je trouvais de l'embauche dans les conserveries de poissons.

J'ai pu ainsi mettre un peu d'argent de côté, et acheter une coupe à l'est du lac Mistassini où elles étaient moins chères. Je me suis installé à Fort-Rupert, à l'extrême sud de la baie James, d'où l'on flottait le bois jusqu'à Chibougamau. Avec les bénéfices d'une année, j'ai acheté deux coupes, puis trois, de forêt d'épinettes, de chênes blancs et de tamaraks, et c'est ainsi que j'ai commencé à gagner vraiment de l'argent.

Cette activité me plaisait. Elle me permettait de me déplacer beaucoup et de découvrir la beauté de ce gigantesque pays. Je me souviens des aurores boréales du Grand Nord, d'étendues blanches à perte de vue, de ciels superbes, de nuits bleues dans la chaleur très brève des étés, d'innombrables rivières toutes aussi indomptables les unes que les autres. Je me souviens d'hommes assez semblables à Charles, c'est-à-dire peu loquaces, rudes, vivant en accord avec le monde, et de femmes intrépides qui parlaient une langue savoureuse et dont les mains savaient être caressantes.

Au fil des années, la douleur s'est un peu estompée en moi. Le vaste monde avait réussi à la diluer et j'ai cru quelquefois trouver un peu de bonheur. Et puis j'ai compris qu'il n'en était rien, que la beauté de ce monde n'est qu'un écran destiné à nous cacher l'essentiel, à savoir que nos vies ne durent qu'un instant et que l'on cherche vainement à retrouver le sortilège des premières fois. Paule, Albine, Baptiste, Esilda et Manuel m'accompagnaient toujours sur les chemins de sable.

Je les voyais la nuit, ils me parlaient, me tenaient la main ou s'éloignaient comme s'éloignent les oiseaux dans le ciel : on ne les voit plus et pourtant ils continuent de vivre quelque part.

Une lettre de Charles m'a ouvert les yeux. Il ne me disait pas vraiment la vérité, mais j'ai compris qu'il avait besoin de moi. Je n'ai pas hésité. Je suis parti, ou plutôt : je suis rentré.

30

Mon père était vieilli, malade. J'ai eu du mal à reconnaître l'homme qu'il avait été, celui qui apportait la joie et la force dans la grande maison. La vie avait coulé sur lui comme sur moi, modifiant l'éclat de notre rivière et aussi, terriblement, celui du regard que nous portions sur ce monde paisible. J'ai regretté ce soir-là d'être parti si longtemps en le découvrant amoindri, si fragile, soudain, que j'avais envie de le prendre dans mes bras.

Nous sommes restés un long moment sur la terrasse, à parler de la rivière et de Baptiste dont Charles recevait de temps en temps des nouvelles. Je guettais malgré moi dans sa voix les signes de sa maladie mais il les cachait bien, parce que c'était encore, malgré tout, un homme fort, avec beaucoup de pudeur. Je ne lui ai pas dit que j'étais revenu parce que j'avais compris qu'il était malade. A S., où j'étais descendu du train, j'étais allé me renseigner auprès du médecin que nous connaissions, et qui ne m'avait pas caché la maladie de mon père en me laissant peu d'espoir de guérison.

Quand la nuit est tombée, nous sommes rentrés dans la maison déserte et, en me tournant le dos, Charles s'est mis à la cuisine. J'observais malgré moi son corps amaigri et je me demandais s'il connaissait la gravité de son état.

A un moment, il s'est retourné et il m'a demandé :

– Bastien, est-ce que tu crois que nous avons fait tout ce que nous avons pu pour empêcher qu'elles disparaissent ?

– Bien sûr, ai-je dit.

Il n'a pas paru convaincu par ma réponse, et il a insisté :

– Est-ce que tu crois que nous les avons assez aimées ?

J'ai répondu avec le plus d'assurance possible :

– Nous les avons aimées plus que nous-mêmes.

Il a semblé apaisé, a murmuré :

– Oui, tu as raison, plus que nous-mêmes. C'est d'ailleurs pour cela que nous les avons laissées partir. C'est ce qu'il faut se dire.

Ce soir-là, nous n'avons plus parlé d'elles, même si nous n'avons pas pu nous empêcher d'évoquer notre vie d'alors : les longues journées de pêche, les nuits de Noël dans l'église du village, tout ce qui avait embelli ces longs jours. Je lui ai rappelé notre serment d'acheter la grande île, et je lui ai dit que j'avais gagné de l'argent, beaucoup d'argent. Je le revois à l'instant où il s'est assis face à moi, posant la salade de pommes de terre et de tomates sur la table, et j'entends encore sa voix quand il a murmuré :

– Tu sais, Bastien, il n'y a plus d'île.

– Comment ça, il n'y a plus d'île ?

– A cause du barrage en aval. Les débits ont changé. Tout le lit a été modifié. L'eau a grignoté les îles, même la grande. Aujourd'hui, il n'y a plus rien.

J'ai cru qu'il avait perdu la raison et je n'ai pas

insisté. Nous avons dîné très vite, puis, comme nous étions fatigués, nous sommes allés nous coucher. Pourtant je n'ai pu m'endormir. Je me suis relevé et j'ai marché vers la rivière, mais elle était trop sombre et je n'ai rien distingué au-delà des premiers mètres. Je suis rentré dans ma chambre d'enfant où les odeurs, les meubles, les draps étaient toujours les mêmes – mais Baptiste n'y dormait plus. Je n'ai pas pu trouver le sommeil, tellement je revivais des sensations familières, au point que je me demandais si je n'entendais pas la respiration de mon frère à deux mètres de moi. Durant toute la nuit, la maison m'a paru habitée par des présences depuis longtemps éteintes et je me suis réjoui d'être revenu. C'était comme si j'avais franchi le seuil du miroir, comme si j'avais enfin ouvert l'une de ces portes qui battent parfois à une image, un souvenir, nous livrant fugacement la clef du grand secret.

Je me suis levé avec le jour, ne sachant si j'avais rêvé ou pas. Charles, comme avant, m'attendait dans la cuisine. Nous avons déjeuné de pain, de beurre et de café comme au temps où nous allions à la pêche sans Baptiste, puis nous sommes partis ensemble vers l'eau, dans ce monde qui avait changé mais qui, pourtant, en moi, si je fermais les yeux, demeurait le même.

Charles avait dit vrai : la grande île avait disparu. Il n'y avait plus d'apparentes que l'eau dont le niveau avait monté, les falaises et les rives d'en face où, jadis, nous allions aider aux foins. Au-dessus de ce qui avait été les îles, les flots bouillonnaient comme ils le font toujours sur les obstacles immergés. Avant d'embarquer, Charles m'a expliqué qu'il lui était très difficile de prendre du poisson, car il ne pouvait plus fermer les chenaux qui, eux aussi, avaient disparu.

– Je pose mes cordes au-delà de la falaise, m'a-t-il dit. Les filets, aujourd'hui, le courant les emporte.

Il dirigeait la barque de la même manière qu'avant, toujours assis, au fond, du côté gauche, manœuvrant sans à-coups, lentement, redressant après chaque coup de rame. Sur les cordes posées la veille s'étaient prises deux anguilles et une petite truite. Il n'en a pas paru surpris, et, comme je m'en inquiétais, il a répondu :

– Il y a beaucoup moins de poissons qu'avant. Mais ce n'est pas grave. Je ne les vends plus. Je les garde pour moi.

C'était une matinée de septembre : « la saison des feuilles qui tombent », comme disent les Indiens d'Amérique. Elle charriait des échos profonds dans l'air épais, encore chaud de l'été, et faisait saigner les arbres de la rive. Il y a longtemps, cette saison annonçait l'école, et je ne l'aimais guère. Aujourd'hui, j'avais l'impression que si je le souhaitais vraiment, rien ne me séparerait plus jamais de Charles, et cette pensée me faisait du bien.

Au retour, je lui ai demandé de me laisser conduire la barque. Dès que j'ai eu la rame en main, des sensations très agréables me sont revenues à l'esprit, comme au temps où je conduisais Paule et Baptiste jusqu'à la grande île. Des parfums de feuilles, une certaine saveur de l'air, la couleur du ciel en duvet de pigeon m'ont doucement mais inexorablement renvoyé vers ce temps où nous étions tous réunis.

Vers dix heures, un rayon de soleil a transpercé les nuages bas, et j'ai senti pendant une brève seconde sa caresse sur la peau nue de mes bras. Il m'a semblé que je pouvais vivre ici avec une certaine espérance, que ce monde-là, au contraire de celui que j'avais quitté, pouvait encore me faire ressentir le frisson des premières fois. C'est ce matin-là que j'ai compris que je ne repartirais plus.

Quand je l'ai dit à Charles, sur le chemin de sable, il m'a simplement répondu :

– Je le savais, Bastien. Il suffisait que tu reviennes.

En fait, je venais de comprendre une chose : ce n'est pas la grandeur du monde qui importe, mais l'écho qu'il éveille en nous. Et le monde ne résonnait vraiment en moi que sur les rives de mon enfance. Là, seulement, il réveillait des sensations endormies, celles de sa découverte, les seules qui soient capables de nous faire oublier ce que la vie a parfois d'insupportable.

31

Pendant les jours qui ont suivi mon retour, Charles s'est mis à se confier. On aurait dit qu'il voulait rattraper le temps perdu, qu'il était pressé. J'ai été très étonné de comprendre quelle vie intérieure cachaient ses silences.

– Tu sais, Bastien, me disait-il, quand nous étions tous ensemble, nous ne nous sommes pas assez parlé. Enfin, je veux dire : peut-être pas comme il aurait fallu.

– Qu'aurions-nous pu dire que nous ne sachions déjà ?

– Nous aurions dû exprimer davantage ce que nous ressentions les uns pour les autres.

– Tu ne parlais guère, toi.

– Oui, c'est vrai, mais je vous écoutais et cela me suffisait. En fait, je vous parlais lorsque j'étais seul sur la rivière mais vous ne m'entendiez pas.

– Et que nous disais-tu ?

– Je vous parlais de la couleur de l'eau, d'une aile de nuage, d'un oiseau dans le ciel, de ce que vous ne pouviez pas voir, pour vous le faire partager. J'aurais voulu vous donner davantage, mais je n'avais pas assez de mots pour cela. Je n'ai pas été longtemps à l'école, tu le sais, et puis, chez moi, on ne parlait pas. Je ne pouvais pas savoir qu'il est important de nommer les choses et les instants. Je ne l'ai appris qu'après, lorsque je me suis retrouvé seul. Il ne faut pas m'en vouloir.

– Personne ne peut t'en vouloir.

– Tu vois, Bastien, j'avais un peu peur de vous, car je pensais que vous étiez plus grands que moi. Je l'avais appris avec Albine. Dès le début, je m'étais senti petit à côté d'elle. Et vous, mes enfants, vous alliez à l'école, vous racontiez des histoires qui me dépassaient, parfois avec des mots que je ne connaissais pas. Je trouvais que vous étiez trop beaux pour moi. Alors je vous parlais quand vous ne pouviez pas m'entendre, et j'en souffrais. C'est peut-être aussi pour cette raison que je vous ai laissés partir.

– Aujourd'hui je suis là et je ne repartirai pas.

– Je sais, Bastien.

Cette humilité que je redécouvrais à ce point vivante me foudroyait. Cet homme, mon père, avait eu peur de nous ou plutôt peur de ne pas pouvoir se hisser à notre hauteur alors qu'il nous dominait de toute sa force. Il disait la vérité, pourtant, même si j'avais du mal à la croire :

– Souvent, la nuit, je venais dans votre chambre pour vous regarder dormir, mais vous ne pouviez pas me voir. Là, j'étais bien. Je vous prenais la main sans vous réveiller, et je la gardais parfois pendant des heures. Surtout celle de Paule, que je n'aurais pas osé toucher dans la journée.

– Peut-être qu'elle aurait aimé que tu le fasses.

– Sans doute, Bastien, mais que veux-tu, il n'y avait pas de femme chez mon père. Déjà, Albine, je ne l'approchais pas sans avoir longtemps hésité et comme si j'avais peur d'être brûlé. J'ai été élevé comme un sauvage, sans mère, toujours sur l'eau, uniquement préoccupé des poissons et mon père lui-même ne disait jamais rien. Comment aurais-je su qu'on peut parler à ses enfants et leur dire simplement qu'on les aime ?

Je me suis efforcé de le rassurer de mon mieux. Il n'avait pas à se justifier. C'était justement ce silence, ce mystère que j'avais tellement aimés en lui.

– Tu crois vraiment ? me demandait-il.

– J'en suis sûr.

Il me dévisageait, hochait la tête d'un air dubitatif mais ne répondait pas.

– Il y a autre chose, Bastien, qui me préoccupe. C'est de vous avoir fait vivre dans la pauvreté et le dénuement. Je me demande si ce n'est pas l'envie qui a poussé Paule à partir.

– Non, ce n'est pas l'envie. C'est l'amour. Il y en avait tellement chez nous qu'elle a cru qu'il y en avait partout ailleurs.

– C'est comme ça que tu vois les choses ?

– C'est comme ça qu'elles se sont passées.

– J'espère que tu as raison.

Au fil des jours, il s'est apaisé. Il a continué à me parler, certes, mais plus du tout avec la même inquiétude. Il m'a raconté son enfance, son père qui ne le laissait pas aller à l'école, la dureté des hommes d'alors, que ne tempérait même pas la douceur de cette vallée. Il m'a aussi raconté sa rencontre avec Albine, comment il l'avait apprivoisée, chacune de nos naissances, son bonheur sur la rivière, dans la lumière des étés. Il ne me parlait pas de sa maladie, même s'il n'en ignorait rien, car il posait des questions précises au médecin de la ville.

– De ce qui est encore possible aujourd'hui, qu'est-ce qui te ferait vraiment plaisir ? lui ai-je demandé un soir.

171

– Je voudrais revoir Baptiste, m'a-t-il répondu.

Je lui ai promis d'aller le chercher, ce que j'ai fait, dès que les beaux jours sont revenus, après avoir prévenu mon frère par lettre de mon arrivée.

32

Baptiste n'était pas à Cherbourg. Il se trouvait en mer pour trois jours encore. Je l'ai attendu, impatient de le revoir, ne sachant s'il avait changé pendant ces années ou s'il était resté le même, aussi fort, aussi déterminé dans ses pensées comme dans ses actes. J'ai erré dans les rues grises et pluvieuses de la ville, parcouru le port de long en large, depuis l'Arsenal jusqu'à la gare maritime. Je me suis rendu à l'adresse indiquée par Baptiste dans ses lettres, rue de la Tour-Carrée, où la concierge, une femme à lunettes qui portait deux petites griffes de moustache au coin de la lèvre supérieure, m'a dit que l'appartement était presque toujours vide mais a refusé de me donner la clef. De plus en plus impatient, j'ai quitté la première chambre que j'avais louée pour en prendre une autre dans l'hôtel le plus proche du domicile de Baptiste.

Son bateau s'appelait *Le Kerloc'h*. Il est apparu le soir du troisième jour de mon attente, magnifique dans le soleil couchant, moins grand, cependant, que je ne l'avais imaginé, sachant qu'il devait affronter les tempêtes de la mer du Nord et de la mer de Barents. Après les formalités d'usage et les manœuvres de déchargement, nous sommes allés dîner dans un restaurant du port, et là j'ai compris vraiment qui était mon frère. Je me suis rendu compte, aussi, à quel point il ressemblait à Charles.

Il m'a raconté ses campagnes de pêche à proximité du Spitzberg, entre la mer du Groenland et la mer de Barents, les dépressions terribles au voisinage de la Nouvelle-Zemble, les parages de l'île aux Ours par force sept ou huit, les flottilles scintillant de gel, les hommes au manteau de pluie glissant sur le pont, l'éclat des nuits interminables avec un baromètre à plus de neuf cents millibars, la grêle et la neige rendant invisibles les paquets de mer monstrueux où s'enfoncent les chalutiers à la cape en donnant l'impression qu'ils ne remonteront jamais.

– Tu n'as jamais peur ? lui ai-je demandé.

– Le jour, parfois, quand les tempêtes se calment, j'aperçois la banquise, m'a-t-il simplement répondu.

Il était tout entier dans cette réponse-là : capable de supporter l'invivable pour atteindre ses rêves. Comme Paule, finalement, mais tellement plus fort.

Et il s'est mis à me parler de la banquise, du ciel de la même couleur, de la pureté de l'eau, de l'air cassant comme du verre, des icebergs dérivant comme des fauves silencieux, de leur clarté magique, de l'attirance qu'il éprouvait pour eux. S'en est-il trop approché un jour ? Je n'ai jamais su exactement pourquoi, bien des années plus tard, son bateau avait fait naufrage. La lettre des Affaires maritimes disait simplement « disparu en mer ». Comme au temps où nous faisions naufrage sur la rivière avec Paule, et comme s'il avait voulu par là, à sa manière, la rejoindre sur l'île blanche de notre bonheur.

Ce soir-là, quand je lui ai dit que Charles voulait le

voir, il m'a répondu qu'il désirait conserver vivante l'image d'un père fort et en pleine santé.

– Tu lui diras que je viendrai. Comme ça, il se battra pour m'attendre.

– Et tu ne viendras pas ?

Baptiste ne m'a pas répondu. Il m'a dit simplement qu'à la limite du Cercle polaire, entre le Groenland et le Spitzberg, il y a des nuits où la lumière est plus vive que le jour. Et il a ajouté, d'une voix qui m'a bouleversé :

– C'est là que je vous vois le mieux.

Je n'ai pas insisté car j'ai compris qu'il vivait avec nous dans une lumière plus belle que celle des simples souvenirs.

A mon retour, j'ai raconté tout cela à Charles et j'ai inventé à Baptiste une grande flottille de pêche.

– Six chalutiers ! te rends-tu compte ? Il n'a pas une minute à lui, mais il m'a promis qu'il viendrait bientôt.

Charles m'a paru heureux. Souvent, durant les journées qui ont suivi mon retour de Cherbourg, il me disait :

– Six chalutiers ! J'ai toujours su qu'il y avait beaucoup de force en lui.

Et il me demandait :

– Est-ce qu'il a changé ?

– Non, pas beaucoup.

– Est-ce qu'il a oublié ?

– Non, il n'a rien oublié.

– Même le jour où je lui ai appris à nager ?

– Il se souvient de tout.

Charles soupirait, concluait :

– J'espère qu'il ne tardera pas trop longtemps. Je voudrais tant qu'il me parle du Groenland et de ses pêches là-bas.

Et nous avons repris à deux, côte à côte, une vie que le printemps, de nouveau, exaltait sur les arbres de la rive, où les îlots verts des premières feuilles dessinaient des visages aimés.

Ensuite, dans cette solitude à deux, il y a eu un matin de juin avec une douceur ineffable de l'air, l'odeur de l'eau, le choc amorti de la rame contre le bateau, des éclats de lumière exactement semblables à ceux d'alors, mi-argentés mi-dorés, des éclats que je connaissais bien et qui m'ont laissé croire, à peine une seconde, que j'avais dix ans.

Il y a eu ce soir de septembre où le ciel est devenu couleur lavande, où des touffeurs montaient des rives sur lesquelles les feuilles viraient à l'or et au pourpre, et l'eau semblait plus épaisse, l'air plein d'échos sonores qui me ramenaient des voix familières dont la netteté m'a cloué sur place.

Il y a eu aussi ces promesses d'éternité qui jaillissent d'un miroitement de feuilles de tremble dans le soleil, d'un tapis de coquelicots dans le velours des blés, de flocons de neige papillonnant dans la nuit, des parfums de linges chauds, de soupe de pain, de genêt et de chèvrefeuille. Il y a eu des vents de fer, des tapis de feuilles mouillées, des ciels de soie, des chemins de sable, des après-midi de feu, des soirs immobiles, des odeurs de paille et des éclairs de porte entrouverte sur ces trésors enfouis.

J'ai compris que la véritable permanence était là, dans la beauté du monde, et qu'elle seule était capable de nous rendre le courage de continuer à vivre quand ont disparu ceux que nous avons aimés. Alors j'ai quitté le parti des hommes pour prendre le parti du monde, et je ne l'ai plus jamais abandonné.

33

Il n'y a rien de pire que de ne pouvoir aider, de ne pouvoir guérir un père qui souffre. Charles était dur au mal, ne se plaignait jamais, mais à la fin il avait beaucoup maigri et sortait beaucoup moins sur la rivière, car il n'avait pas la force de marcher jusqu'à la barque. Je l'aidais, le soutenais par l'épaule, le faisais asseoir sur la planche du milieu et je prenais la rame. Il était assis face à moi, mais son regard portait bien au-delà. C'est là qu'il m'a dit un matin, avec un sourire qui ne s'est jamais effacé de ma mémoire :

– Il ne faut pas t'inquiéter, Bastien : je sais souffrir et je n'ai pas peur. Nous retournons simplement d'où nous venons.

C'était la première fois qu'il me parlait de la mort. Comme j'étais saisi d'effroi et ne savais que répondre, il a ajouté :

– D'ailleurs, je crois que c'est beaucoup plus beau que tout ce que nous pouvons imaginer.

Lors de nos escapades sur la rivière, un rien le comblait : le sang d'une vigne vierge sur un tremble aux feuilles jaunies, le gobage des truites à la surface d'un courant, le vol d'un balbuzard-pêcheur au-dessus des falaises, un parfum de regain sur les prairies d'en face – comme si, ayant fait la part des choses, il avait appris à tirer profit de la moindre image de la vie en train de le quitter.

Pendant les mois qui ont suivi nous n'avons jamais plus reparlé de la mort. Nous avons pu pêcher quelquefois, les jours où il se sentait un peu mieux. Il gardait sa dernière énergie pour se tenir bien droit, même quand la douleur lui arrachait une grimace, et pour me confier tout ce qu'il n'avait pas dit durant ces années-là.

Un jour, il m'a demandé de le conduire à S., et j'ai compris qu'il voulait voir une dernière fois la ville où nous allions jadis, tous ensemble, pour une journée de grand bonheur. Nous sommes partis un matin en voiture, à l'heure où nous nous mettions en route, à cette époque-là, pour nous rendre à la gare. J'ai pris soin d'emporter un panier afin de manger sous les platanes à midi, comme avant. Une fois arrivés, nous avons côte à côte lentement parcouru la grand-rue, puis nous sommes entrés dans le magasin de pêche qui avait changé de propriétaire. J'ai tenté d'expliquer au nouvel occupant ce que nous venions chercher là, mais Charles m'a fait signe que c'était inutile. Il a tenu, quand même, à acheter des hameçons, dont il ne se servirait plus.

Ensuite, nous sommes descendus jusqu'à la rivière dont le cours avait bien changé lui aussi : le lit principal se situait aujourd'hui près de la rive d'en face. Nous l'avons observé un moment, nous demandant ce qui avait pu provoquer ce glissement – sans doute un banc de sable apporté par une crue – puis nous sommes remontés vers la place du marché et nous nous sommes assis sous les platanes pour prendre notre repas de midi. Il s'est mis alors à tomber une petite pluie fine qui nous a obligés à manger vite, à peine protégés par les feuilles des arbres.

– Rentrons ! a dit Charles en frissonnant.

Sur le chemin du retour, malgré sa tristesse, il n'a pas émis le moindre regret. Je n'ai jamais vu un homme aussi fort, même quand la maladie a affermi sa prise. Jamais une plainte malgré le corps qui se courbe, les traits qui se contractent, la douleur que les médicaments ne calment pas.

– Tu vois, Bastien, me disait-il souvent, quand elles étaient près de nous, je n'ai jamais pensé qu'elles pourraient nous quitter un jour. Jamais. Pas une fois. Je crois que c'est parce que je n'ai jamais réussi à imaginer le malheur.

Je regrette de n'avoir pas su lui dire la seule chose qui eût mérité d'être dite : à savoir que je l'ai aimé, cet homme, bien au-delà de ce qu'il en a compris. Surtout quand il tentait de recréer ce qui avait disparu avec un courage, une confiance qui me foudroyaient.

– Tu sais, Bastien, à propos de nos voyages à S., une fois l'an, je me suis souvent demandé pourquoi on n'y allait pas plus souvent et j'en ai trouvé récemment la raison : c'est seulement parce que nous savions que le bonheur s'use et que tout, sur cette terre, est appelé à disparaître. N'est beau que ce qui doit finir.

Un peu avant sa mort, je lui ai demandé où il avait rangé la lettre que j'avais placée dans le tiroir de ma table de nuit et que je n'avais pas retrouvée en rentrant du Québec – cette fameuse lettre de Manuel que j'avais attendue si longtemps. Charles a paru très étonné et m'a demandé :

– Quelle lettre ?

– Elle était dans une enveloppe bleue. Il y avait aussi des feuilles pliées en quatre à l'intérieur. Cinq ou six.

– Non, m'a-t-il dit, je n'ai jamais trouvé de lettre.

Je me suis demandé s'il ne perdait pas la mémoire, et j'ai regretté de n'en avoir pas parlé avec Baptiste qui m'avait dit, un jour, à ce sujet :

– On a rêvé.

Avec le temps, j'ai fini par me demander si, effectivement, Baptiste n'avait pas raison. J'ai interrogé Charles pour savoir s'il se souvenait de ces gitans qui étaient venus avec nous sur la grande île une année, et il m'a répondu :

– Non. Je ne me souviens pas.

J'ai pensé que c'était normal car, avec la maladie, sa perception du temps s'altérait. Il m'a semblé alors que l'essentiel, peut-être, était qu'Esilda vive en moi et je n'ai plus cherché la vérité. Là, au moins, elle ne risquait pas de changer ou de disparaître. Seule, parfois, la douleur de ne l'avoir jamais revue venait me foudroyer, mais je me disais qu'elle avait dû vieillir comme moi, que l'Esilda de treize ans, elle, n'existait plus. Sans doute avait-elle compris cela bien avant moi. En somme, elle avait voulu rendre impérissable ce que nous avions vécu. Existe-t-il une manière plus belle de vivre et d'aimer ? J'ai compris que non et ma souffrance s'est estompée un peu, sans jamais toutefois disparaître.

Je me suis alors définitivement tourné vers mon père qui avait tant besoin de moi. Son regard avait un peu pâli, mais il souriait encore, parfois, malgré la douleur. Les derniers temps, il parlait un peu moins, regardait au-dedans de lui. Seule sa dernière nuit d'agonie a creusé ses mâchoires et lui a donné ce masque de cire étrange que dépose la mort sur les visages. Je lui ai fermé les yeux, puis, en pensant à Baptiste, j'ai refusé de le revoir jusqu'au moment où on l'a porté vers Albine, dans le petit cimetière aux marguerites blanches où elle l'attendait depuis si longtemps.

34

Aujourd'hui, moi aussi je suis devenu un vieil homme et je vis seul en ces lieux d'où je suis parti à plusieurs reprises sans jamais parvenir à les oublier. Je pêche encore sur la rivière, à la ligne le plus souvent, car cela fait longtemps qu'il n'y a plus de concessions, que les filets sont interdits. Je m'assois à l'arrière de la barque de Charles, du côté gauche, et je rame doucement vers les courants, longeant la rive où, jadis, nous faisions si souvent naufrage avec Baptiste et Paule.

J'ai compris depuis longtemps que le plus tragique, dans nos vies, c'est que les choses n'arrivent jamais deux fois. Lorsque j'étais enfant, déjà, j'essayais de retenir par la pensée le moindre des événements de la veille, même anodin. Ainsi, sur le chemin de l'école, je récapitulais les instants passés près de Charles et d'Albine la veille au soir ou le dimanche. Je tentais de les retenir, de les revivre, et j'ai mis beaucoup de temps à accepter l'évidence d'une perte irrémédiable. Jusqu'à l'âge adulte, en réalité. Alors, seulement, j'ai su qu'il fallait l'admettre ou disparaître soi-même.

Aujourd'hui, si je suis toujours là, c'est parce que j'ai entretenu l'espérance de ressentir, ne serait-ce qu'un instant, la caresse des rayons de ce soleil-là. J'y suis très rarement parvenu, mais le bonheur d'une seule seconde arrachée au temps m'a permis de continuer malgré tout, parce que nous sommes ainsi faits que notre espoir domine souvent notre raison.

J'habite toujours la même maison, dont je suis devenu propriétaire. Charles et Albine, eux, n'avaient jamais pu l'acheter. Moi, j'y suis arrivé et je me félicite de l'avoir fait avant que Charles ne disparaisse, car il en a été heureux. Je monte au village une fois par semaine pour effectuer de menus achats, et chaque fois j'aperçois, devant moi, sur la route, Paule, Baptiste, Esilda et ses frères qui courent en me montrant les fantômes dans les bois. Là-haut, l'école est fermée, beaucoup de maisons gardent leurs volets clos, mais une boulangerie et une épicerie demeurent encore ouvertes. Parfois, fermant les yeux, j'aperçois des roulottes entre les arbres et j'entends une voix qui murmure près de mon oreille : « Bastien... Bastien... Ne m'oublie pas... »

Je ne me suis jamais vraiment fait à l'idée que quelque chose ici a changé. Il n'est pas dans le pouvoir des hommes d'oublier le bonheur véritable quand ils se sont brûlés à son foyer magique. Ainsi, tous les jours de mes vingt premières années repassent inlassablement dans ma mémoire et je me demande si je pourrai les emporter à l'heure de disparaître. Je le voudrais tant que cette idée me hante et que j'écris chaque jour quelques pages afin de me persuader que je n'en ai rien perdu – rien, vraiment, de ce qui a constitué l'invincible beauté de ma vie.

Souvent, en fin d'après-midi, je me rends en barque près des falaises et je m'arrête à l'endroit où l'eau est de ce vert profond dans lequel semble battre le cœur de la rivière. J'écoute le grand courant qui me parle du temps disparu. Parfois je ne l'entends plus. Le ciel et l'eau font émerger devant moi la grande île d'une brume légère, dans la nuit qui tombe doucement. Alors je les aperçois, tous, là-bas, entre les aulnes et les frênes, mais ils ne me voient pas.

J'attends avec impatience le soir où leur regard, enfin, se posera sur moi.

Du même auteur :

Aux Éditions Albin Michel

LES VIGNES DE SAINTE-COLOMBE :
1. Les Vignes de Sainte-Colombe, 1996.
2. La Lumière des collines (Prix des Maisons de la Presse), 1997.

BONHEURS D'ENFANCE, 1996.

LA PROMESSE DES SOURCES, 1998.

BLEUS SONT LES ÉTÉS 1998.

LES CHÊNES D'OR, 1999.

CE QUE VIVENT LES HOMMES :
1. Les Noëls blancs, 2000.
2. Les Printemps de ce monde, 2001.

UNE ANNÉE DE NEIGE, 2002.

CETTE VIE OU CELLE D'APRÈS, 2003.

Aux Éditions Robert Laffont

LES CAILLOUX BLEUS, 1984.

LES MENTHES SAUVAGES (Prix Eugène-Le-Roy), 1985.

LES CHEMINS D'ÉTOILES, 1987.

LES AMANDIERS FLEURISSAIENT ROUGE, 1988.

LA RIVIÈRE ESPÉRANCE :

1. La Rivière Espérance (Prix La Vie-Terre de France), 1990.
2. Le Royaume du fleuve (Prix littéraire du Rotary International), 1991.
3. L'Âme de la vallée, 1993.

L'ENFANT DES TERRES BLONDES, 1994.

Aux Éditions Seghers

ANTONIN, PAYSAN DU CAUSSE, 1986.

MARIE DES BREBIS, 1986.

ADELINE EN PÉRIGORD, 1992.

Albums

LE LOT QUE J'AIME (Éditions des Trois Épis, Brive), 1994.

DORDOGNE, VOIR COULER ENSEMBLE ET LES EAUX ET LES JOURS (Éditions Robert Laffont), 1995.

Composition réalisée par IGS-CP

Achevé d'imprimer en avril 2007 en France sur Presse Offset par

CPI

Brodard & Taupin

La Flèche (Sarthe).
N° d'imprimeur : 40219 – N° d'éditeur : 85289
Dépôt légal 1re publication : septembre 2006
Édition 03 – avril 2007
LIBRAIRIE GÉNÉRALE FRANÇAISE – 31, rue de Fleurus – 75278 Paris cedex 06.